I0730134

TRANZLATY

La Langue est pour tout le Monde

Jezik je za sve

La Métamorphose

Preobražaj

Franz Kafka

Français
Hrvatski

Copyright © 2026 Tranzlaty
All rights reserved
ISBN: 978-1-83566-885-6
Die Verwandlung
Franz Kafka, 1915

www.tranzlaty.com

Première partie
Prvi dio

Gregor Samsa se réveilla un matin après des rêves agités.

Gregor Samsa se jednog jutra probudio iz nemirnih snova.

Il se retrouva dans son lit, incapable de bouger.

Našao se u svom krevetu, ali se nije mogao pomaknuti.

Il avait été transformé en un monstre vermineux.

Bio je pretvoren u monstruoznu štetočinu.

Il était allongé sur le dos, une carapace dure comme une armure.

Ležao je na leđima, koja su bila tvrda poput oklopa.

En relevant légèrement la tête, il pouvait voir son ventre.

Malo podigavši glavu, mogao je vidjeti svoj trbuh.

Mais son ventre était bombé et divisé en segments.

Ali njegov trbuh je bio zaobljen i podijeljen na segmente.

La couverture reposait sur son ventre arrondi.

Deka je počivala na njegovom zaobljenom trbuhu.

Mais la couverture était sur le point de glisser complètement.

Ali deka je bila blizu toga da potpuno sklizne dolje.

Ses jambes étaient pitoyables comparées à leur taille habituelle.

Noge su mu bile jadne u usporedbi s njihovom uobičajenom veličinom.

Et ses nombreuses pattes s'agitaient impuissantes devant ses yeux.

I njegove brojne noge bespomoćno su mu treperile pred očima.

« Que m'est-il arrivé ? » se demanda-t-il.

„Što mi se dogodilo?" pomislio je u sebi.

Mais ce n'était pas un rêve dont il ne pouvait se réveiller.

Ali to nije bio san iz kojeg se nije mogao probuditi.

Il se trouvait bel et bien dans sa propre chambre.

To je zaista bila njegova vlastita soba u kojoj se našao.

Une vraie chambre pour des humains, mais un peu trop petite.

Prava soba za ljude, ali samo malo premalena.
Il gisait tranquillement entre les quatre murs bien connus.
Tiho je ležao između četiri dobro poznata zida.
Sur la table se trouvait une collection d'échantillons de textiles.
Na stolu je bila zbirka uzoraka tekstila.
Samsa était un vendeur ambulant, d'où les échantillons.
Samsa je bio trgovački putnik, otuda i uzorci.
Au-dessus des échantillons de textile désassemblés se trouvait une image.
Iznad rastavljenih uzoraka tekstila nalazila se slika.
Il avait récemment découpé la photo dans un magazine.
Nedavno je izrezao sliku iz časopisa.
Il avait placé le tableau dans un joli cadre doré.
Stavio je sliku u lijep, pozlaćeni okvir.
Le tableau encadré représentait une dame assise bien droite.
Uokvirena slika prikazivala je ženu kako sjedi uspravno.
Elle portait un chapeau de fourrure et un manchon de fourrure.
Nosila je krznenu kapu i imala je krznenu mufnu.
Elle levait la main en direction du spectateur.
Podigla je ruku prema gledatelju slike.
Son avant-bras entier disparaissait dans son épais manchon de fourrure.
Cijela joj je podlaktica nestala u teškoj krznenoj mufni.
Gregor regarda par la fenêtre le temps maussade.
Gregor je gledao kroz prozor u tmurno vrijeme.
On pouvait entendre les grosses gouttes de pluie frapper la fenêtre.
Moglo se čuti kako teške kapi kiše udaraju o prozor.
Le temps gris le rendait très mélancolique.
Sivo vrijeme ga je činilo vrlo melankoličnim.
« Et si je dormais un peu plus longtemps ? » pensa-t-il.
„Što kažeš da spavam još malo?" pomislio je.
« Dormir davantage m'aiderait peut-être à oublier ces bêtises. »
"Više sna bi mi moglo pomoći da zaboravim ove gluposti."

Mais dormir plus longtemps était totalement impossible.
Ali spavanje dalje bilo je potpuno nemoguće.
Parce qu'il avait l'habitude de dormir sur le côté droit.
Jer je navikao spavati na desnoj strani.
Mais son état actuel l'empêchait d'effectuer ses mouvements habituels.
Ali njegovo trenutno stanje sprječavalo je njegove uobičajene pokrete.
Il n'avait aucun moyen de se retrouver dans cette situation.
Nije imao načina da se dovede u ovu poziciju.
Il fit de son mieux pour se jeter sur son côté droit.
Pokušao je svim silama baciti se na desnu stranu.
Il a probablement tenté ce mouvement une centaine de fois.
Vjerojatno je pokušao ovaj pokret stotinu puta.
Mais il revenait toujours en position couchée sur le dos.
Ali uvijek se zaljuljao natrag u ležeći položaj.
Il ferma les yeux pour ne pas voir ses jambes qui s'agitaient.
Zatvorio je oči kako ne bi vidio svoje noge kako se vrpolje.
Finalement, la douleur l'a empêché de réessayer.
Na kraju ga je bol spriječila da pokuša ponovno.
Une douleur sourde au flanc qu'il n'avait jamais ressentie auparavant.
Tupa bol u boku kakvu nikada prije nije osjetio.
« Oh mon Dieu », pensa désespérément Gregor Samsa.
„O, Bože", očajnički je pomislio Gregor Samsa u sebi.
« Quel métier pénible j'ai choisi ! »
"Kakav sam naporan posao odabrao za sebe!"
« Je dois voyager tous les jours pour le travail. »
"Iz dana u dan moram putovati uokolo zbog posla."
« Le travail de bureau est beaucoup plus facile que le travail sur la route. »
"Uredski posao je puno lakši od rada na putu."
« Et j'ai la malédiction de devoir voyager constamment. »
"I imam prokletstvo da moram putovati uokolo."
« Toutes ces inquiétudes liées au fait d'être à l'heure pour les trains. »
"Sve te brige oko dolaska vlakova na vrijeme."

« Mes horaires de repas sont irréguliers et la nourriture est mauvaise. »

"Moji obroci su neredoviti, a hrana je loša."

« Mes amis changent constamment de ville. »

"Moji prijatelji se stalno mijenjaju od grada do grada."

« Mes interactions sont froides et professionnelles. »

"Interakcije koje imam su hladne i profesionalne."

«Que le diable s'amuse avec ce genre de travail !»

"Neka se Vrag zabavlja ovakvim poslom!"

Il ressentit une légère démangeaison en haut de l'estomac.

Osjetio je lagano svrbež na vrhu trbuha.

Il s'appuya contre le montant du lit, le dos contre le sol.

Leđima se naslonio na uzglavlje kreveta.

Il voulait pouvoir mieux lever la tête.

Htio je moći bolje podići glavu.

Il a trouvé l'endroit qui le démangeait.

Pronašao je svrbežno mjesto koje ga je mučilo.

Sa tête semblait recouverte de petits points blancs.

Činilo se da mu je glava prekrivena malim bijelim točkicama.

Il ne pouvait pas dire ce que représentaient ces petits points blancs.

Što su bile te male bijele točkice, nije mogao reći.

Il avait prévu de toucher l'endroit avec une de ses jambes.

Planirao je dodirnuti to mjesto jednom nogom.

Mais lorsqu'il toucha l'endroit, il ressentit un étrange frisson.

Ali kad je dodirnuo to mjesto, osjetio je čudnu hladnoću.

Il a donc immédiatement retiré sa jambe.

Zato je odmah povukao nogu s mjesta.

Il n'avait d'autre choix que d'accepter cette sensation de démangeaison.

Nije imao drugog izbora nego prihvatiti osjećaj svrbeža.

Et il reprit sa position initiale dans le lit.

I vratio se u svoj prijašnji položaj u krevetu.

«Se réveiller si tôt rend vraiment stupide.»

"Buđenje tako rano čovjeka stvarno čini poprilično glupim."

« Un homme doit dormir suffisamment », pensa-t-il.

„Čovjek mora imati dovoljno sna", pomislio je u sebi.

« Les autres représentants de commerce mènent une vie de luxe. »

"Ostali trgovački putnici žive luksuznim životom."

« Le matin, je transfère les ordres que j'ai reçus. »

"Ujutro prenosim narudžbe koje sam primio."

« Pendant ce temps, ces messieurs prennent encore leur petit-déjeuner. »

"U međuvremenu, ta gospoda još uvijek doručkuju."

« Imaginez un peu si j'essayais de faire ça avec mon patron. »

"Zamisli samo da to pokušam učiniti sa svojim šefom."

«Il me licenciait avant même que j'aie fini mon petit-déjeuner.»

"Otpustio bi me prije nego što završim doručak."

« Mais ce ne serait peut-être pas le pire non plus. »

"Ali možda ni to ne bi bilo najgore."

«Le problème, c'est que mes parents me freinent.»

"Problem je što me roditelji sputavaju."

« Sans eux, j'aurais déjà démissionné. »

"Da nije bilo njih, već bih dao otkaz."

« J'aurais tenu tête au patron et je lui aurais dit. »

"Suprotstavio bih se šefu i rekao mu."

« Je dirais exactement ce que je pense de lui et de son travail. »

"Rekao bih točno što mislim o njemu i poslu."

« Il tomberait de son bureau si je lui racontais tout ! »

"Pao bi sa stola kad bih mu sve rekao!"

« Sa façon de s'asseoir à son bureau est très étrange. »

"Vrlo je čudan način na koji sjedi za svojim stolom."

« Sa façon de parler à ses subordonnés n'est pas correcte. »

"Način na koji razgovara sa svojim podređenima nije ispravan."

« Et le pire, c'est que son ouïe est très mauvaise. »

"A najgore od svega je što mu je sluh tako slab."

«Vous n'avez donc pas d'autre choix que de vous asseoir très près de lui.»

"Dakle, nemaš drugog izbora nego sjediti vrlo blizu njega."

« Cela dit, l'espoir n'est pas encore totalement perdu. »
"Ali uz sve rečeno, nada još nije potpuno izgubljena."
« Je vais économiser cet argent pour rembourser les dettes de mes parents. »
"Uštedjet ću novac da otplatim dug svojih roditelja."
« Je ne peux rien faire tant qu'ils lui doivent de l'argent. »
"Ne mogu ništa učiniti dok mu još duguju novac."
« Mais une fois la dette remboursée, je le ferai sans aucun doute. »
"Ali kad dug bude otplaćen, sigurno ću to učiniti."
« Cela prendra probablement encore cinq à six ans. »
"Vjerojatno će trebati još pet do šest godina."
« Oui, alors la grande séparation aura certainement lieu. »
"Da, onda će se veliki raskid definitivno dogoditi."
« Pour le moment, je dois me lever. »
"Međutim, za sada moram ustati iz kreveta."
« Parce que mon train part à cinq heures. »
"Jer mi vlak polazi u pet sati."
Gregor regarda le réveil qui tic-tac sur la table.
Gregor je pogledao otkucavanje budilice na stolu.
« Père céleste ! » pensa-t-il en regardant l'heure.
„Nebeski Oče!" pomislio je dok je gledao u vrijeme.
Six heures et demie étaient déjà passées sans qu'on s'en aperçoive.
Pola sedam je već tiho prošlo.
Et les aiguilles de l'horloge continuaient d'avancer d'elles-mêmes.
I kazaljke sata su se neprestano pomicale naprijed.
Et il était presque sept heures quarante-cinq.
A sada se vrijeme bližilo četvrt do sedam.
« Peut-être que le réveil n'a pas sonné ? » pensa-t-il.
„Možda alarm nije zazvonio da me probudi?" pomislio je.
Depuis son lit, Gregor inspecta le réveil.
Gregor je iz kreveta pregledao budilicu.
Le réveil était correctement réglé sur quatre heures.
Budilica je bila točno postavljena na četiri sata.
Il ne pouvait pas l'expliquer, mais l'alarme avait dû sonner.

Nije mogao objasniti, ali alarm je sigurno zazvonio.
« Comment ai-je pu dormir sans m'en rendre compte après avoir entendu le réveil ? »
"Kako sam prespavao alarm, a da nisam znao?"
Quand elle sonne, l'alarme fait même trembler les meubles.
Kad zazvoni, alarm čak i namještaj trese.
Il savait que son sommeil n'avait pas été du tout paisible.
Znao je da mu san uopće nije bio miran.
Mais c'est peut-être pour cela que son sommeil était beaucoup plus profond.
Ali možda je zato njegov san bio mnogo dublji.
Il devait réfléchir à ce qu'il devait faire maintenant.
Morao je razmisliti što bi sada trebao učiniti.
Le train suivant ne partait qu'à sept heures.
Sljedeći vlak nije polazio do sedam sati.
Prendre ce train serait quasiment impossible.
Uhvatiti taj vlak bilo bi gotovo nemoguće.
Et il n'avait pas encore emporté les textiles dont il avait besoin.
I još nije spakirao tekstil koji mu je bio potreban.
Il ne se sentait pas particulièrement frais et agile non plus.
Ni on se nije osjećao osobito svježe i okretno.
Il y avait peut-être une chance de monter dans le train.
Možda je postojala šansa da se ukrcam u vlak.
Mais une réprimande du patron était inévitable de toute façon.
Ali šefova ukor je bio neizbježan u svakom slučaju.
Le commis aurait pris le train de cinq heures.
Službenik bi se ukrcao na vlak u pet sati.
Le commis de bureau était une créature sans envergure, à la solde du patron.
Uredski službenik bio je beskičmeno stvorenje šefa.
L'absence de Gregor aurait donc déjà été signalée.
Dakle, Gregorova odsutnost bi već bila prijavljena.
« Et si je me faisais porter malade ? » se demandait Gregor.
„Što ako se javim da sam bolestan?" razmišljao je Gregor.
Mais ce serait extrêmement embarrassant et suspect.

Ali to bi bilo izuzetno neugodno i sumnjivo.
Gregor n'avait jamais été malade pendant la période où il avait travaillé là-bas.
Gregor nikada nije bio bolestan dok je tamo radio.
Et il leur avait déjà consacré cinq années de service.
A već im je dao pet godina službe.
Il y avait de fortes chances que le patron vienne prendre de ses nouvelles.
Vjerojatno će ga šef doći provjeriti.
Il amènerait probablement le médecin de l'assurance maladie.
Vjerojatno bi doveo liječnika zdravstvenog osiguranja.
Et il blâmait les parents pour la paresse de leur fils.
I krivio bi roditelje za njihovog lijenog sina.
Ils ne pourraient formuler aucune objection à son égard.
Ne bi mu mogli staviti nikakav prigovor.
Car pour lui, il n'y avait que deux sortes de travailleurs.
Jer za njega su postojale samo dvije vrste radnika.
Soit les ouvriers étaient en parfaite santé, soit ils rechignaient à travailler.
Ili su radnici bili potpuno zdravi ili su se bojali raditi.
Et aurait-il même tort dans cette analyse de base ?
I bi li uopće pogriješio u toj osnovnoj analizi?
Assurément, dans ce cas précis, son argument était solide.
Svakako, u ovom slučaju, imao je snažan argument.
Malgré son apparence, Gregor se sentait en réalité plutôt bien.
Unatoč svom izgledu, Gregor se zapravo osjećao prilično dobro.
Ce long sommeil inutile l'avait rendu un peu somnolent.
Nepotrebno dug san ga je učinio malo pospanim.
Mais à part ça, il ne pouvait pas se plaindre de maladie.
Ali osim toga nije se mogao žaliti na bolest.
Il ressentait même une faim particulièrement forte et saine.
Čak je osjećao posebno jaku i zdravu glad.
Tandis qu'il nourrissait ces pensées, l'horloge sonna de nouveau.

Dok je razmišljao o tim mislima, sat je ponovno otkucao.

Selon l'alarme, il était alors sept heures moins le quart.

Prema alarmu, sada je bilo petnaest do sedam.

Et maintenant, on frappa doucement à la porte.

A sada se začulo i lagano kucanje na vratima.

« Gregor », l'appela quelqu'un – c'était sa mère.

„Gregore", netko ga je pozvao – bila je to majka.

« Il est sept heures moins le quart », a-t-elle confirmé en entendant l'alarme.

„Sad je petnaest do sedam", potvrdila je alarm.

« Tu ne voulais pas partir ? » demanda la douce voix.

„Nisi li htio otići?" upitao je nježni glas.

Gregor eut peur en entendant sa voix répondre.

Gregor se uplašio kad je čuo svoj glas kako odgovara.

Sa voix était toujours la même.

Glas je i dalje bio glas koji je oduvijek imao.

Mais une nouvelle sonorité s'était désormais mêlée à sa voix.

Ali sada se u njegov glas miješao novi zvuk.

Un couinement douloureux s'échappa également du plus profond de lui.

Iz dubine njegove unutrašnjosti izašao je i bolni cvilik.

Au début, sa voix semblait former des mots avec clarté.

Isprva se činilo da njegov glas jasno oblikuje riječi.

Mais alors, Gregor entendit l'écho mental de sa voix.

Ali tada je Gregor čuo mentalni odjek svog glasa.

L'enregistrement de sa voix s'est interrompu de façon étrange.

Snimka njegovog glasa se prekinula na čudan način.

Et il n'était pas sûr d'avoir bien entendu.

I nije bio siguran je li dobro čuo.

Gregor éprouvait un profond désir de donner une réponse détaillée.

Gregor je osjetio duboku želju dati detaljan odgovor.

Il voulait tout expliquer clairement à sa mère.

Htio je sve jasno objasniti svojoj majci.

Mais, compte tenu des circonstances, il devait se limiter.

Ali, s obzirom na okolnosti, morao se ograničiti.

Et sa réponse fut beaucoup plus brève qu'il ne l'aurait
souhaité.
I odgovorio je puno kraće nego što bi volio.
"Oui maman, ne t'inquiète pas, merci, je suis déjà levée."
"Da, majko, ne brini, hvala, već sam ustala."
La porte en bois a probablement contribué à étouffer sa voix.
Drvena vrata su vjerojatno pomogla prigušiti njegov glas.
À l'extérieur, le changement dans la voix de Gregor est resté
inaperçu.
Vani promjena u Gregorovom glasu ostala je nezapažena.
La mère semblait satisfaite de son explication.
Majka je izgledala zadovoljna njegovim objašnjenjem.
Et elle repartit aussi discrètement qu'elle était venue.
I otišla je opet jednako tiho kao što je i došla.
Mais cette petite conversation a eu un effet indésirable.
Ali taj kratki razgovor imao je neželjeni učinak.
Il a attiré l'attention des autres membres de la famille.
Privukao je pozornost ostalih članova obitelji.
Gregor était toujours chez lui et n'était pas allé travailler.
Gregor je još bio kod kuće i nije otišao na posao.
Et maintenant, le père frappa lui aussi à la porte de côté.
A sada je i otac pokucao na sporedna vrata.
Il frappa faiblement, mais avec détermination, du poing.
Slabo je, ali odlučno, pokucao šakom.
« Gregor, Gregor », appela-t-il, « quel est le problème ? »
„Gregore, Gregore", pozvao je, „u čemu je problem?"
Au bout d'un moment, il avertit de nouveau d'une voix plus
grave.
Nakon kratkog vremena ponovno je upozorio dubljim glasom.
Mais la sœur frappa alors à la porte de l'autre côté.
Ali na drugim vratima sestra je sada pokucala.
« Gregor ? Tu ne te sens pas bien ? » demanda-t-elle
doucement.
„Gregore? Zar ti nije dobro?" tiho je upitala.
« Avez-vous besoin de quelque chose ? » demanda-t-elle,
inquiète.
„Treba li ti što?" upitala je zabrinuto.

Gregor a répondu aux deux parties : « J'ai déjà terminé. »
Gregor je objema stranama odgovorio: "Već sam završio."
Il avait fait de son mieux pour prononcer tous les mots avec soin.
Trudio se da pažljivo izgovori sve riječi.
Et il a gommé tout ce qui était ostentatoire dans sa voix.
I uklonio je sve upadljivo iz svog glasa.
Le père semblait également satisfait de la réponse.
Činilo se da je i otac bio zadovoljan odgovorom.
Et il retourna à son petit-déjeuner inachevé.
I vratio se svom nedovršenom doručku.
Mais la sœur murmura : « Gregor, ouvre la bouche, je t'en supplie. »
Ali sestra je šapnula: "Gregore, otvori, molim te."
Mais son inquiétude à son égard ne parvenait en rien à l'émouvoir.
Ali njezina briga za njega nije ga mogla ni na koji način dirnuti.
Gregor n'avait aucune intention de lui ouvrir la porte.
Gregor nije imao namjeru otvoriti joj vrata.
Ses voyages lui avaient permis d'acquérir certaines habitudes de prudence.
Putujući je stekao neke oprezne navike.
Et il se félicita d'avoir verrouillé les portes.
I pohvalio se što je zaključao vrata.
Il voulait d'abord se lever tranquillement, à son propre rythme.
Prvo je htio tiho ustati u svoje vrijeme.
Et, sans être dérangé, il voulut s'habiller.
I, bez da ga se ometa, htio se odjenuti.
Cela étant fait, il voulut ensuite prendre son petit-déjeuner.
Nakon što je to postigao, htio je doručkovati.
Ce n'est qu'alors qu'il a souhaité examiner la situation plus en détail.
Tek tada je htio dalje razmotriti situaciju.
Il savait qu'il était inutile de faire des projets au lit.
Znao je da nema smisla praviti planove u krevetu.

Il serait impossible de parvenir à une conclusion sensée.
Doći do razumnog zaključka bilo bi nemoguće.
Il lui était déjà arrivé de se réveiller avec de légères douleurs.
Bilo je i drugih puta kada se budio s blagim bolovima.
Ces douleurs se sont toujours révélées être de pures inventions de l'imagination.
Te su se boli uvijek pokazale kao čista mašta.
En me levant du lit, la douleur disparaissait invariablement.
Pri ustajanju iz kreveta bol bi neizbježno nestala.
Il était curieux de voir ce qu'il adviendrait de ces idées.
Bio je znatiželjan vidjeti što će se dogoditi s tim idejama.
Le changement de sa voix était probablement dû à un rhume.
Promjena u njegovom glasu vjerojatno je bila samo od prehlade.
Le rhume est un risque professionnel courant pour les voyageurs.
Prehlade su samo profesionalna opasnost za putnike.
Il ne doutait pas que c'était l'explication logique.
Nije sumnjao da je to logično objašnjenje.
Il s'est facilement dégagé de la couverture.
Skinuti pokrivač sa sebe bilo je lako postignuto.
Il lui suffisait d'inspirer et de se gonfler.
Sve što je trebao učiniti bilo je udahnuti i napuhati se.
La couverture glissa de son corps et tomba sur le sol.
Deka je skliznula s njegovog tijela i pala na pod.
Son corps incroyablement large rendait d'autres choses difficiles.
Njegovo nevjerojatno široko tijelo otežavalo je druge stvari.
Il aurait eu besoin de bras et de mains pour se tenir debout.
Trebale bi mu ruke i šake da ustane.
Mais il n'avait plus les membres qu'il avait autrefois.
Ali nije imao udove koje je nekad imao.
Au lieu de bras et de mains, il avait plein de petites jambes.
Umjesto ruku i šaka imao je mnogo malih nogu.

Et ses jambes bougeaient sans cesse, sans qu'il puisse les contrôler.

I noge su mu se neprestano pomicale, bez njegove kontrole.

Il a essayé de plier une jambe, mais au lieu de cela, elle s'est étirée.

Pokušao je saviti jednu nogu, ali se umjesto toga istegnula.

Il parvint finalement à contrôler une jambe.

Konačno je uspio staviti jednu nogu pod kontrolu.

Mais ensuite, le mouvement des autres pattes a été libéré.

Ali onda je pokret ostalih nogu bio oslobođen.

Et toutes ses jambes frémissaient d'excitation extrême.

I sve su mu se noge trzale od ekstremnog uzbuđenja.

Il a d'abord voulu sortir le bas de son corps du lit.

Prvo je htio izvući donji dio tijela iz kreveta.

Mais il n'avait pas encore vu le bas de son corps.

Ali zapravo još nije vidio donji dio tijela.

Et de toute façon, déplacer cette pièce s'est avéré trop difficile.

I ionako se pokazalo preteškim pomaknuti ovaj dio.

Finalement, de toutes ses forces, il fit un geste audacieux.

Konačno, svom snagom, napravio je jedan divlji potez.

Sans plus hésiter, il s'avança.

Bez daljnjeg oklijevanja krenuo je naprijed.

Mais il avait choisi la mauvaise direction.

Ali odabrao je pogrešan smjer u kojem će krenuti.

Il s'est violemment cogné le corps contre le montant inférieur du lit.

Snažno je udarao tijelom o donji stup kreveta.

La douleur brûlante qu'il ressentait lui a appris une précieuse leçon.

Pekuća bol koju je osjećao naučila ga je vrijednu lekciju.

La partie inférieure de son corps était peut-être plus sensible.

Donji dio njegovog tijela bio je možda osjetljiviji.

Il a donc commencé par sortir le haut de son corps du lit.

Zato je prvo pokušao ustati iz kreveta gornjim dijelom tijela.

Il tourna prudemment la tête dans la bonne direction.

Pažljivo je okrenuo glavu u pravom smjeru.
Et bientôt, sa tête se retrouva face au bord du lit.
I ubrzo mu je glava bila okrenuta prema rubu kreveta.
Ce mouvement prudent lui était en réalité facile.
Ovaj oprezni pokret mu je zapravo bio lak.
Et sa largeur et son poids ne l'empêchaient pas de se déplacer.
I njegova širina i težina nisu zaustavljale njegovo kretanje.
La masse de son corps suivit lentement le mouvement de sa tête.
Masa njegovog tijela polako je pratila okretanje glave.
Mais ensuite, il a passé la tête au-dessus du bord du lit.
Ali onda je nagnuo glavu preko ruba kreveta.
Et il dut faire face à une nouvelle peur à laquelle il n'avait pas encore pensé.
I suočio se s novim strahom o kojem još nije razmišljao.
Poursuivre dans cette voie pourrait s'avérer dangereux.
Daljnje napredovanje na ovaj način moglo bi biti opasno.
Il pensait qu'il allait simplement se laisser tomber.
Mislio je da će se jednostavno pustiti da padne.
Mais ce serait un miracle s'il ne s'était pas blessé à la tête.
Ali bilo bi čudo da nije ozlijedio glavu.
Ce n'était pas le moment de risquer de perdre connaissance.
Sada nije bilo vrijeme za riskiranje gubitka svijesti.
Finalement, il vaudrait peut-être mieux rester au lit.
Možda bi ipak bilo bolje ostati u krevetu.
Mais il devait ensuite faire le même effort pour revenir.
Ali onda je morao uložiti isti napor da se vrati.
Après tous ces efforts, il était allongé là, exactement comme avant.
Nakon sveg tog truda ležao je tamo baš kao i prije.
Et maintenant, ses jambes semblaient encore plus en colère qu'elles ne l'avaient été.
A sada su mu se noge činile još ljutijima nego što su bile.
Les mouvements de sa jambe étaient devenus encore plus incontrôlables.
Pokreti njegove noge postali su još nekontroliraniji.

Il ne voyait aucun moyen de sortir de la situation dans laquelle il se trouvait.
Nije vidio izlaz iz situacije u kojoj se našao.
Il était impossible de faire émerger la paix et l'ordre de ce chaos.
Mir i red nisu se mogli izvući iz ovog kaosa.
Mais il savait que rester au lit n'était pas une option non plus.
Ali znao je da ni ostajanje u krevetu nije opcija.
Tout sacrifier était l'option la plus sensée.
Žrtvovati sve bila je najrazumnija opcija.
Il s'accrochait au moindre espoir de pouvoir se lever.
Držao se za najmanju nadu da će ustati iz kreveta.
S'il y parvenait, tous les risques en auraient valu la peine.
Da je to uspio, sav rizik bi se isplatio.
Mais il se souvenait aussi d'autre chose en même temps.
Ali istovremeno se sjetio i nečeg drugog.
« Mieux vaut réfléchir sereinement que de prendre des décisions désespérées. »
"Bolje od očajničkih odluka su mirna razmišljanja."
Il concentra tous ses efforts sur la fenêtre.
Svim je naporom usmjerio pogled na prozor.
Mais ce qu'il vit ne lui insuffla guère de confiance ni de joie.
Ali ono što je vidio nije donijelo mnogo samopouzdanja i veselja.
La brume matinale enveloppait toute la rue étroite.
Jutarnja magla prekrila je cijelu usku ulicu.
Le réveil sonna à nouveau ; il était maintenant sept heures.
Budilica je ponovno zazvonila; sada je bilo sedam sati.
« Il est déjà sept heures et il y a encore un épais brouillard. »
"Već je sedam sati, a još uvijek je takva magla."
Il resta un moment allongé, immobile, respirant faiblement.
Neko je vrijeme ležao mirno, slabo dišući.
Un peu de calme permettrait peut-être de retrouver une certaine normalité.
Možda bi malo tišine donijelo neku normalnost.
Un silence complet pourrait engendrer les conditions réelles.

Potpuna tišina mogla bi izazvati stvarne uvjete.

Mais avant que l'horloge ne sonne à nouveau, il rompit le silence.

Ali prije nego što je sat ponovno otkucao, prekinuo je tišinu.

«Avant que l'horloge ne sonne à nouveau, je dois être levé.»

"Prije nego što sat ponovno otkuca, moram izaći iz kreveta."

« Je dois absolument être complètement levé à ce moment-là. »

"Do tada apsolutno moram biti potpuno izvan kreveta."

« Après 19h15, le bureau enverra quelqu'un. »

"Nakon osam i petnaest, ured će poslati nekoga."

"Parce que le bureau ouvrait avant sept heures."

"Jer se ured otvorio prije sedam sati."

Et il commença alors à se balancer hors du lit.

I sada je počeo ljuljati svoje tijelo iz kreveta.

Il avait cessé de se concentrer sur le haut ou le bas de son corps.

Prestao se fokusirati na gornji ili donji dio tijela.

Il fallut sortir tout son corps du lit.

Cijela dužina njegovog tijela morala je napustiti krevet.

Tomber de cette façon devrait protéger sa tête, pensa-t-il.

Pad na ovaj način trebao bi mu zaštititi glavu, pomislio je.

Il avait prévu de relever la tête lorsqu'il toucherait le sol.

Planirao je podići glavu kad udari o tlo.

Son dos semblait suffisamment robuste pour encaisser le choc.

Stražnji dio njegova tijela činio se dovoljno tvrdim za udar.

Et le tapis était là pour amortir l'atterrissage.

A tepih je bio tu da ublaži slijetanje.

Ce qui le préoccupait le plus, cependant, c'était le bruit assourdissant.

Međutim, njegova najveća briga bila je glasna buka.

Le bruit fracassant effrayerait tous les occupants de la maison.

Zvuk loma bi prestrašio sve u kući.

Peut-être que le bruit fort ne les terrifierait pas.

Možda se ne bi užasavali glasne buke.

Mais ils seraient certainement inquiets s'ils l'apprenaient.
Ali sigurno bi se zabrinuli ako bi čuli.
Mais il fallait prendre le risque d'attirer l'attention.
Ali rizik privlačenja pažnje se morao preuzeti.
La nouvelle méthode s'apparentait davantage à un jeu qu'à un effort.
Nova metoda je bila više igra nego napor.
Il devait balancer son corps par mouvements brusques et saccadés.
Morao je ljuljati tijelo naglim i trzavim pokretima.
Gregor était déjà à moitié sorti du lit.
Gregor je već bio napola ustao iz kreveta.
Une nouvelle idée venait de lui traverser l'esprit.
Sad mu je upravo pala na pamet nova misao.
« Tout serait si facile si quelqu'un venait à mon secours. »
"Sve bi bilo tako lako kad bi mi netko priskočio u pomoć."
« Deux personnes fortes suffiraient amplement. »
"Dvije snažne osobe bile bi sasvim dovoljne."
Son père et la servante seraient assez forts.
Njegov otac i sluškinja bili bi dovoljno jaki.
Il leur suffirait de glisser leurs bras sous son dos.
Samo bi morali zavući ruke ispod njegovih leđa.
Et ensuite, ils pourraient facilement le sortir du lit.
A onda bi ga lako mogli skinuti s kreveta.
Peut-être auraient-ils dû réduire son poids progressivement.
Možda bi morali polako smanjiti njegovu težinu.
Alors, espérons-le, les jambes auraient trouvé leur utilité.
Nadajmo se da bi tada noge pronašle svoju svrhu.
« Ne serait-il pas préférable, après tout, de demander de l'aide ? »
"Ne bi li ipak bilo bolje pozvati pomoć?"
Le problème, bien sûr, c'est qu'il avait verrouillé les portes.
Problem je naravno bio u tome što je zaključao vrata.
Il y avait quelque chose dans cette idée qui le chatouillait.
Nešto u toj ga je misli zagolicalo.
Et malgré ses difficultés, il ne put réprimer un sourire.
I unatoč teškoćama, nije mogao suspregnuti osmijeh.

Il était déjà sur le point de perdre l'équilibre.
Već je bio blizu gubitka ravnoteže.
**Chaque balancement le rapprochait un peu plus du moment
où il basculerait du lit.**
Svaki zamah ga je približavao padu s kreveta.
Il allait bientôt devoir prendre la décision finale.
Uskoro će morati donijeti konačnu odluku.
Dans cinq minutes, il serait sept heures et quart.
Za pet minuta bit će osam i petnaest.
**Tandis qu'il était plongé dans ces pensées, la sonnette
retentit.**
Dok je razmišljao o tim stvarima, zazvonilo je zvono na
vratima.
« C'est quelqu'un du bureau », se dit-il.
„To je netko iz ureda", rekao je sam sebi.
Et il fut presque paralysé de peur à cause du visiteur.
I gotovo se ukočio od straha zbog posjetitelja.
**Ses jambes s'agitaient encore plus sauvagement
qu'auparavant.**
Noge su mu plesale još divlje nego prije.
Mais ensuite, pendant un instant, tout resta silencieux.
Ali onda je, na trenutak, sve ostalo tiho.
« Ils n'ouvriront pas la porte », se dit Gregor.
„Neće otvoriti vrata", reče Gregor sam sebi.
Il était encore prisonnier d'un espoir insensé.
Još je uvijek bio obuzet nekom besmislenom nadom.
Mais ensuite, bien sûr, la bonne s'est dirigée vers la porte.
Ali onda je, naravno, sluškinja otišla do vrata.
Et, comme toujours, elle ouvrit la porte au visiteur.
I, kao i uvijek, otvorila je vrata posjetitelju.
**Gregor n'avait besoin d'entendre que les premiers mots de
bienvenue du visiteur.**
Gregoru je trebalo samo čuti prvi pozdrav posjetitelja.
Il a tout de suite compris qui était venu le chercher.
Odmah je mogao reći tko je došao po njega.
**Le chef de bureau en personne était venu prendre des
nouvelles de Samsa.**

Sam glavni službenik došao je provjeriti Samsu.
Pourquoi Gregor était-il le seul à être condamné à un tel sort ?
Zašto je Gregor bio jedini osuđen na tu sudbinu?
Pourquoi lui seul a-t-il dû servir dans une telle organisation ?
Zašto je samo on morao služiti u takvoj organizaciji?
Le moindre oubli éveillait immédiatement les soupçons.
Najmanji propust odmah je izazivao sumnju.
Tous les employés qui travaillaient là-bas étaient-ils des scélérats ?
Jesu li svi zaposlenici koji su tamo radili bili nitkovi?
N'y avait-il donc parmi eux aucune personne fidèle et dévouée ?
Nije li među njima bilo vjerne i odane osobe?
N'auraient-ils pas pu simplement envoyer un apprenti ?
Nisu li mogli jednostavno poslati šegrta?
Toutes ces interrogations étaient-elles vraiment nécessaires ?
Je li svo ovo ispitivanje uopće bilo potrebno?
Le représentant autorisé devait-il se déplacer en personne ?
Je li ovlašteni predstavnik morao doći osobno?
Fallait-il vraiment informer toute la famille innocente ?
Je li cijela nevina obitelj morala biti obaviještena?
Toutes ces considérations ont poussé Gregor à agir.
Sva ta razmatranja potaknula su Gregora na djelovanje.
Il se hissa hors du lit de toutes ses forces.
Svom snagom se skočio iz kreveta.
Il y a eu une forte détonation, mais ce n'était pas vraiment un bruit.
Čuo se glasan prasak, ali to nije bio pravi zvuk.
La chute avait été légèrement amortie par le tapis.
Pad je bio malo ublažen tepihom.
Son dos était plus élastique que Gregor ne l'avait imaginé.
Leđa su mu bila elastičnija nego što je Gregor mislio.
Le son était donc plus sourd et moins perceptible.
Dakle, zvuk je bio prigušeniji i ne toliko primjetan.
Mais il n'avait pas fait attention à sa tête pendant sa chute.

Ali nije pazio na glavu tijekom pada.
Et lorsqu'il a touché le sol, il s'est aussi cogné la tête.
A kad je udario o tlo, udario je i glavom.
Il se frotta la tête sur le tapis, en colère et souffrant.
Trljao je glavu o tepih od bijesa i boli.
Mais le gérant, qui se trouvait dans la pièce d'à côté, a entendu le bruit.
Ali upravitelj u susjednoj sobi čuo je buku.
« Quelque chose est tombé là-dedans », a-t-il observé avec justesse.
„Nešto je tamo palo", ispravno je primijetio.
Gregor essaya d'imaginer le manager dans sa situation.
Gregor je pokušao zamisliti upravitelja u svojoj situaciji.
« La même chose pourrait-elle lui arriver ? » se demanda-t-il.
„Može li se isto dogoditi i njemu?" pitao se.
Il a admis que cet étrange événement pouvait être possible.
Prihvatio je da je ovaj neobičan događaj moguć.
Puis le chef de bureau fit quelques pas vers la pièce.
A onda je glavni službenik napravio nekoliko koraka do sobe.
C'était presque une réponse grossière à la question qu'il avait posée.
Bio je to gotovo grub odgovor na pitanje koje je postavio.
Ses bottes en cuir grinçaient lorsqu'il s'approcha de la porte.
Njegove kožne čizme su škripale dok se približavao vratima.
Depuis la pièce située à sa droite, sa servante lui chuchota quelque chose.
Iz sobe s njegove desne strane šapnula mu je sluškinja.
"Gregor, le représentant autorisé est ici."
"Gregore, ovlašteni predstavnik je ovdje."
« Je sais », dit Gregor, mais seulement à voix basse pour lui-même.
„Znam", rekao je Gregor, ali samo tiho sam sebi.
Il n'osait pas élever la voix au-dessus d'un murmure.
Nije se usudio podići glas iznad šapata.
Parce que Gregor ne voulait pas que sa sœur l'entende.
Jer Gregor nije htio da ga sestra čuje.
« Gregor », dit le père depuis la pièce de gauche.

„Gregore", rekao je otac iz sobe s lijeve strane.

«Le responsable est venu vérifier quel est le problème.»

"Voditelj je došao provjeriti u čemu je problem."

« Il vous a demandé pourquoi vous n'aviez pas pris le premier train. »

"Pitao je zašto nisi krenuo ranim vlakom."

« Nous ne savons pas quoi lui dire », a déclaré le père.

„Ne znamo što bismo mu rekli", rekao je otac.

« D'ailleurs, il souhaite également vous parler personnellement. »

"Usput, i on želi osobno razgovarati s vama."

« Veuillez ouvrir la porte, afin qu'il puisse vous parler. »

"Molim vas, otvorite vrata da može razgovarati s vama."

« Il aura la gentillesse d'excuser le désordre dans la chambre. »

"Bit će dovoljno ljubazan da ispriča nered u sobi."

« Bonjour, Monsieur Samsa », lui lança le directeur.

„Dobro jutro, gospodine Samsa", doviknuo mu je upravitelj.

Et il lui a certainement parlé de manière amicale.

I svakako je s njim razgovarao prijateljski.

« Il ne se sent pas bien », dit la mère au gérant.

„Nije mu dobro", rekla je majka upravitelju.

« Il ne va pas bien du tout, croyez-moi, cher manager. »

"Nije mu nimalo dobro, vjerujte mi, dragi upravitelju."

« Sinon, pourquoi Gregor aurait-il raté le train du matin ? »

"Zašto bi inače Gregor propustio jutarnji vlak?"

«Le garçon ne pense qu'à ses affaires.»

"Dečko nema ništa na umu osim posla."

« Cela m'agace presque qu'il ne fasse rien d'autre. »

"Gotovo me živcira što ne radi ništa drugo."

« J'aimerais qu'il sorte le soir pour prendre l'air. »

"Volio bih da izlazi navečer na svježi zrak."

« Il était en ville pendant huit jours pour affaires. »

"Bio je u gradu osam dana poslovno."

« Mais il était chez lui tous les soirs. »

"Ali onda je svake od tih večeri bio kod kuće"

«Il s'assoit à notre table et lit le journal.»

"Sjedi za našim stolom i čita novine."
« À d'autres moments, il étudie les horaires des trains. »
"U drugim prilikama proučava vozni red vlakova."
«Il lui arrive de s'occuper en faisant de la menuiserie.»
"Ponekad se doista zaokupi stolarstvom."
« Par exemple, il a sculpté un petit cadre photo en bois. »
"Na primjer, izrezbario je mali drveni okvir za slike."
« Pendant deux ou trois soirées, il était occupé avec la scie. »
"Dvije ili tri večeri bio je zauzet pilom."
«Vous serez étonné(e) de voir à quel point le cadre photo est joli.»
"Bit ćete zadivljeni koliko je okvir za sliku lijep."
«Il a accroché le cadre photo dans sa chambre.»
"Objesio je okvir za sliku u svojoj sobi."
« Quand il ouvrira la porte, vous verrez ses boiseries. »
"Kad otvori vrata, vidjet ćete njegove drvene radove."
« Au fait, je suis ravi que vous soyez ici, Monsieur Prokurist. »
"Usput, drago mi je da ste ovdje, gospodine Prokurist."
« Nous n'aurions pas pu, à nous seuls, forcer Gregor à ouvrir la porte. »
"Sami ne bismo mogli natjerati Gregora da otvori vrata."
« Il est tellement têtu », a avoué sa mère au vendeur.
„Tako je tvrdoglav“, priznala je njegova majka službeniku.
« Il est certainement malade, même s'il l'a nié auparavant. »
"Svakako mu nije dobro, iako je to prije poricao."
« J'arrive tout de suite », dit Gregor lentement et prudemment.
„Odmah ću doći“, rekao je Gregor polako i oprezno.
Mais il ne fit aucun mouvement vers la porte de la pièce.
Ali nije se pomaknuo prema vratima sobe.
Il ne voulait pas perdre un seul mot de la conversation.
Nije htio izgubiti ni riječ razgovora.
Le chef de bureau a approuvé l'évaluation de la mère.
Glavni službenik složio se s majčinom procjenom.
« Je ne peux pas l'expliquer autrement non plus, madame. »
"Ni ja to ne mogu drugačije objasniti, gospođo."

« Espérons tous qu'il ne souffre d'aucune maladie grave », a-
t-il déclaré.

„Nadajmo se svi da nema neku tešku bolest", rekao je.

« D'un autre côté, c'est un risque pour notre secteur. »

"S druge strane, to je opasnost u našoj industriji."

« Nous, les hommes d'affaires, devons souvent surmonter un
certain malaise. »

"Mi poslovni ljudi često moramo prevladati nelagodu."

« Les professionnels doivent simplement faire abstraction
des petites douleurs. »

"Profesionalci samo moraju podnijeti blage bolove."

Pendant ce temps, son père frappa de nouveau à l'autre
porte.

U međuvremenu, njegov otac je ponovno pokucao na druga
vrata.

« Le chef de bureau peut-il entrer maintenant ? » demanda-t-
il.

„Može li glavni službenik sada ući?" htio je znati.

« Non, il ne peut pas », répondit Gregor à la question de son
père.

„Ne, ne može", odgovorio je Gregor na očevo pitanje.

Un silence gênant s'installa dans la pièce de gauche.

U sobi s lijeve strane zavladala je neugodna tišina.

Dans la pièce de droite, la sœur se mit à sangloter.

U sobi s desne strane sestra je počela jecati.

Pourquoi la sœur n'était-elle pas partie rejoindre les autres ?

Zašto sestra nije otišla biti s ostalima?

Elle venait probablement de se lever, pensa-t-il.

Vjerojatno je upravo ustala iz kreveta, pomislio je.

Elle n'a peut-être même pas encore commencé à s'habiller.

Možda se još nije ni počela odijevati.

Mais Gregor ne comprenait pas pourquoi elle pleurait.

Ali Gregor nije mogao shvatiti zašto plače.

Était-ce parce qu'il ne s'était pas levé pour laisser entrer le
directeur ?

Je li to bilo zato što nije ustao i pustio upravitelja unutra?

Était-ce parce qu'il risquait de perdre son emploi ?

Je li to bilo zato što mu je prijetila opasnost od gubitka posla?
Le patron pourrait-il s'en prendre aux parents comme avant ?
Može li šef doći po roditelje kao prije?
Allait-il leur formuler à nouveau les mêmes exigences qu'auparavant ?
Hoće li im ponovno postaviti stare zahtjeve?
Il n'y avait probablement pas lieu de s'inquiéter de ces choses-là.
O tim se stvarima vjerojatno nije trebalo brinuti.
Pour le moment, elle n'avait aucune raison de pleurer.
Za sada nije imala razloga za plakanje.
Gregor était toujours là, subvenant aux besoins de sa famille.
Gregor je još uvijek bio ovdje i uzdržavao obitelj.
Et il n'a jamais eu l'intention de quitter sa famille.
I nikada nije imao namjeru napustiti obitelj.
Pour le moment, il restait simplement allongé là, sur le tapis.
Zasad je samo ležao na tepihu.
La famille ignorait son état.
Obitelj nije znala u kakvom se stanju nalazio.
S'ils avaient su, ils n'auraient pas encouragé son patron.
Da su znali, ne bi ohrabrivali njegovog šefa.
Ils n'auraient même pas laissé entrer le gérant.
Ne bi čak ni upravitelja pustili u kuću.
Le refouler n'aurait pas été particulièrement impoli.
Odbiti ga ne bi bilo osobito nepristojno.
Il aurait facilement pu trouver une excuse convenable plus tard.
Kasnije je lako mogao pronaći prikladan izgovor.
Ce n'était pas un motif de licenciement.
To nije bilo nešto zbog čega bi mogao biti otpušten.
Gregor pensait qu'il serait plus judicieux de le laisser tranquille désormais.
Gregor je smatrao da bi sada bilo razumnije da ga ostave samog.
Le déranger en pleurant et en parlant n'a pas beaucoup aidé.
Uznemiravanje plakanjem i pričanjem nije puno postiglo.

Mais c'était l'incertitude qui inquiétait les autres.

Ali upravo je ta neizvjesnost mučila ostale.

Et c'est cette incertitude qui a excusé leur comportement.

I upravo je ta neizvjesnost opravdavala njihovo ponašanje.

« Monsieur Samsa », appela le directeur d'une voix forte.

„Gospodine Samsa", pozvao je upravitelj povišenim glasom.

« Qu'est-ce qui se passe avec toi ? » a-t-il voulu savoir.

„Što se događa s tobom?" htio je znati.

« Tu t'es barricadé dans ta chambre. »

"Zabarikadirali ste se u svojoj sobi."

«Vous ne pouvez répondre que par «oui» ou «non».»

"Odgovarate samo s 'da' ili 'ne'."

«Vous causez de sérieux soucis à vos parents.»

"Zbog tebe roditeljima stvaraš ozbiljne brige."

« Je ne vois pas de bonne raison de les inquiéter. »

"Ne vidim dobar razlog zašto biste ih zabrinjavali."

« Il y a une autre chose que je mentionnerai en passant. »

"Još nešto ću spomenuti usput."

«Vous négligez également vos obligations professionnelles envers nous.»

"Također zanemarujete svoje poslovne dužnosti prema nama."

« Une telle irresponsabilité ne vous ressemble pas du tout. »

"Takva neodgovornost je sasvim netipična za tebe."

« Je parle ici au nom de vos parents et de votre patron. »

"Govorim ovdje u ime vaših roditelja i vašeg šefa."

« Et je vous demande une explication immédiate et claire. »

"I molim vas za hitno i jasno objašnjenje."

« Je dois dire que tout cela m'étonne vraiment. »

"Moram priznati da me cijela ova stvar stvarno zadivljuje."

« Je pensais vous connaître comme une personne calme et raisonnable. »

"Mislio sam da te poznajem kao mirnu i razumnu osobu."

« Mais maintenant, tu nous montres une autre facette de toi. »

"Ali sada nam pokazuješ drugu stranu sebe."

«Vous faites soudain preuve de vos caprices très particuliers.»

"Odjednom pokazuješ svoje vrlo neobične hirove."
« Mais il pourrait y avoir une explication à votre échec. »
"Ali možda postoji objašnjenje za tvoj neuspjeh."
« Le patron a mentionné une dette que vous aviez recouvrée
pour nous. »
"Šef je spomenuo dug koji ste nam naplatili."
« J'ai donné ma parole d'honneur au patron en votre nom. »
"Dao sam šefu časnu riječ u vaše ime."
« Mais maintenant je vois votre obstination
incompréhensible. »
"Ali sada vidim tvoju neshvatljivu tvrdoglavost."
« Je pourrais encore perdre toute envie de vous aider. »
"Možda ipak izgubim svu želju da ti uopće pomognem."
«Votre sécurité d'emploi n'est en aucun cas totalement
stable.»
"Vaša sigurnost posla nipošto nije sasvim stabilna."
« À l'origine, je comptais vous dire tout cela en privé. »
"Izvorno sam ti ovo namjeravao reći nasamo."
« Mais maintenant je vois que vous voulez que je perde mon
temps ici. »
"Ali sada vidim da želiš da ovdje gubim vrijeme."
«Je ne vois donc aucune raison pour que vos parents ne le
sachent pas.»
„Dakle, ne vidim razloga zašto tvoji roditelji ne bi trebali
znati."
«Vos récentes performances n'ont pas été satisfaisantes.»
"Vaš nedavni učinak nije bio zadovoljavajući."
« Je reconnais que les ventes sont plus lentes à cette période
de l'année. »
"Slažem se da je prodaja sporija u ovo doba godine."
« Mais il n'y a pas de période de l'année où il n'y a pas de
ventes. »
"Ali ne postoji doba godine kada nema prodaje."
Pendant un instant, Gregor oublia tout ce qui l'entourait.
Na trenutak Gregor zaboravi sve oko sebe.
« Mais Monsieur Prokurist ! » s'écria Gregor, désespéré.
„Ali gospodine Prokurist!", povika Gregor u očaju.

« J'ouvre la porte tout de suite, maintenant, ne vous inquiétez pas. »

"Otvorit ću vrata odmah, odmah, ne brini."

«Le problème, c'est que je ne me sens pas très bien.»

"Problem je što se osjećam prilično loše."

« Mes vertiges m'ont empêché d'atteindre la porte. »

"Vrtoglavica me spriječila da dođem do vrata."

« Je suis encore au lit, mais je me sens beaucoup mieux. »

"Još uvijek ležim u krevetu, ali osjećam se puno bolje."

«Un instant, s'il vous plaît, je viens de me lever.»

"Molim vas, samo trenutak, upravo ustajem iz kreveta."

« Un instant de patience, c'est tout ce que je vous demande, Monsieur Prokurist. »

"Molim samo trenutak strpljenja, gospodine Prokurist."

« Ça ne se passe pas aussi bien que je le pensais, mais ça ira. »

"Ne ide tako dobro kao što sam mislio/la, ali bit ću dobro."

« Comment une telle chose peut-elle arriver à une personne aussi rapidement ? »

"Kako se takvo što može tako brzo dogoditi osobi?"

« Je me sentais bien hier soir, mes parents le savent. »

"Sinoć sam se osjećao dobro, moji roditelji to znaju."

« Mais peut-être avais-je déjà un petit pressentiment à ce moment-là. »

"Ali možda sam već tada imao mali predosjećaj."

«Vous pourriez vous demander pourquoi je ne l'ai pas signalé au bureau.»

"Možda se pitate zašto to nisam prijavio u uredu."

« Je pensais que je me sentirais beaucoup mieux demain matin. »

"Mislio sam da ću se ujutro opet osjećati puno bolje."

« On pense toujours qu'ils auront vaincu la maladie d'ici là. »

"Čovjek uvijek misli da će do tada pobijediti bolest."

« Mais je vous en prie ! Épargnez mes parents de ces accusations ! »

"Ali molim vas! Poštedite moje roditelje ovih optužbi!"

« On ne m'a pas dit un mot de ce que vous m'avez dit. »
"Nisu mi rekli ni riječi o onome što si mi rekao."
« Il se peut que vous n'ayez pas lu les dernières commandes que j'ai envoyées. »
"Možda nisi pročitao/la posljednje naredbe koje sam poslao/la."
« Au fait, vous n'avez pas à vous inquiéter pour moi aujourd'hui. »
"Usput, danas se ne moraš brinuti za mene."
«Je vais quand même prendre le train de huit heures.»
"Ipak ću uzeti vlak u osam sati."
« Ces quelques heures de repos m'ont suffisamment revigoré. »
"Nekoliko sati odmora me dovoljno ojačalo."
« Vous n'avez vraiment pas besoin d'attendre, manager. »
"Zaista nema potrebe da čekate, menadžere."
« Moi aussi, je serai bientôt au bureau. »
"I ja ću uskoro biti u uredu."
« Et s'il vous plaît, ayez la gentillesse de dire un mot en ma faveur. »
"I molim vas, budite tako ljubazni da kažete koju lijepu riječ za mene."
Gregor avait donné son explication assez précipitamment.
Gregor je svoje objašnjenje izrekao prilično brzopleto.
Il ne savait pas vraiment ce qu'il essayait de dire.
Jedva je znao što zapravo pokušava reći.
Il s'est approché de la boîte et a essayé de s'en servir pour se lever.
Prišao je kutiji i pokušao je iskoristiti da ustane.
Il avait vraiment l'intention d'ouvrir la porte.
Zaista je imao namjeru otvoriti vrata.
Il souhaitait être reçu par le représentant autorisé.
Želio je da ga vidi ovlašteni predstavnik.
Et il voulait régler le problème avec lui personnellement.
I htio je osobno riješiti problem s njim.
Il était impatient de savoir comment les autres réagiraient à son égard.
son égard.

Bio je nestrpljiv znati kako će ostali reagirati na njega.

Ils doivent maintenant être impatients de savoir comment il va.

Sigurno su i oni sada željni vidjeti kako je.

Il y avait deux façons possibles dont ils pouvaient réagir face à lui.

Postojala su dva moguća načina na koja su mogli reagirati na njega.

Une possibilité était qu'ils aient peur.

Jedna mogućnost bila je da će se uplašiti.

S'ils avaient peur, alors il n'en était pas responsable.

Ako su bili uplašeni, onda on nije imao nikakvu odgovornost.

Et alors, il n'aurait plus à s'inquiéter de la situation.

I onda se ne bi morao brinuti o situaciji.

Mais il y avait aussi une autre possibilité à envisager.

Ali postojala je i druga mogućnost o kojoj je trebalo razmisliti.

Peut-être accepteraient-ils sereinement sa personnalité.

Možda bi ga mirno prihvatili takvog kakav jest.

Gregor n'aurait alors aucune raison de se fâcher non plus.

Tada ni Gregor ne bi imao razloga za uzrujavanje.

Il y aurait encore assez de temps pour prendre le train.

Još bi bilo dovoljno vremena za uhvatiti vlak.

Cependant, se tenir debout n'était pas une tâche facile.

Međutim, stajati uspravno nije bio nimalo lak zadatak.

Lors de ses premières tentatives, il a glissé hors de la boîte.

U prvih nekoliko pokušaja iskliznuo je iz kutije.

La boîte était trop lisse pour qu'il puisse s'y appuyer.

Kutija je bila preglatka da bi se mogao nasloniti na nju.

Et finalement, il se donna un dernier effort pour se relever.

I konačno se još jednom pogurnuo da ustane.

Il ne prêta plus attention à la douleur qu'il ressentait à l'abdomen.

Više nije obraćao pažnju na bol u trbuhu.

Peu importe l'intensité de la douleur, il la surmonterait.

Bez obzira na bol, proći će kroz to.

Il se laissa tomber contre le dossier d'une chaise voisine.

Pustio je da padne na naslon obližnje stolice.

Et il s'accrochait aux bords avec ses petites jambes.

I držao se za rubove svojim malim nožicama.

À ce stade, il avait repris le contrôle de lui-même.

U ovom trenutku je stekao više kontrole nad sobom.

Et sa chute fut plus silencieuse que la précédente.

I njegov pad bio je tiši od prethodnog.

Parce qu'il devait écouter ce que disait le manager.

Jer je morao slušati što je upravitelj rekao.

« Avez-vous compris quelque chose à tout cela ? » demanda-t-il aux parents.

„Jeste li išta od toga razumjeli?" upitao je roditelje.

« Il ne se moquerait pas de nous, n'est-ce pas ? »

"Ne bi nas ismijao, zar ne?"

« Pour l'amour de Dieu ! » s'écria la mère, déjà en larmes.

„Za ime Božje", pozvala je majka, već plačući.

« Il est peut-être gravement malade et nous le tourmentons. »

"Možda je teško bolestan i mi ga mučimo."

« Grete ! Grete ! » cria-t-elle à sa fille.

„Grete! Grete!" vikala je kćeri.

« Maman ? » appela la sœur de l'autre côté.

„Majko?" pozvala je sestra s druge strane.

Ils ont ensuite communiqué par l'intermédiaire de la chambre de Gregor.

Zatim su komunicirali preko Gregorove sobe.

« Gregor est très malade et il a besoin de médicaments. »

"Gregor je jako bolestan i treba mu lijek."

«Vous devrez aller chez le médecin immédiatement.»

"Morat ćete odmah otići liječniku."

« Tu as entendu comment Gregor parlait tout à l'heure ? »

"Jesi li čuo kako je Gregor upravo govorio?"

« C'était la voix d'un animal », a déclaré le gérant.

„To je bio glas životinje", rekao je upravitelj.

Ses paroles étaient douces comparées aux cris de la mère.

Njegove su riječi bile tihe u usporedbi s majčinim vriskovima.

« Anna ! Anna ! » appela le père depuis l'antichambre.

„Anna! Anna!" otac je doviknuo kroz predsoblje.

Et il a claqué des mains pour attirer leur attention.

I pljesnuo je rukama kako bi privukao njihovu pažnju.
« Appelez immédiatement un serrurier ! » ordonna-t-il à la bonne.
„Odmah dovedite bravara!" naredio je sluškinji.
Les filles, en jupes, traversèrent l'antichambre en courant.
Djevojke, u suknjama, protrčale su kroz predsoblje.
Et leurs jupes bruissaient lorsqu'elles passèrent en courant devant sa chambre.
I njihove su suknje šuštale dok su trčale pored njegove sobe.
« Comment sa sœur a-t-elle fait pour s'habiller si vite ? » se demanda-t-il.
„Kako se sestra tako brzo obukla?" pomislio je.
La porte a été arrachée, mais elle n'a pas été claquée.
Vrata su bila otvorena, ali nisu bila zalupljena.
C'est fréquent dans les maisons où survient un grand malheur.
To je uobičajeno u domovima gdje se dogodi velika nesreća.
Mais tout cela avait considérablement apaisé Gregor.
Ali sve je to Gregora učinilo mnogo smirenijim.
Quand il entendait ses propres paroles, elles lui paraissaient claires.
Kad je čuo vlastite riječi, činile su mu se jasne.
En fait, il estimait que ses paroles avaient été plus claires.
Zapravo je osjećao da su njegove riječi bile jasnije.
Mais les autres ne comprenaient plus ce qu'il disait.
Ali ostali više nisu razumjeli što govori.
Peut-être s'était-il habitué à ses oreilles à ce moment-là.
Možda se do sada već navikao na svoje uši.
Mais au moins, ils comprenaient maintenant mieux sa situation.
Ali barem su sada bolje razumjeli njegovu situaciju.
Ils se sont rendu compte qu'il y avait vraiment quelque chose qui n'allait pas chez lui.
Shvatili su da s njim stvarno nešto nije u redu.
Et ils faisaient maintenant tout leur possible pour l'aider.
I sada su činili sve što su mogli da mu pomognu.

Cela redonna à Gregor un sentiment de confiance qui lui manquait.

To je Gregoru dalo osjećaj samopouzdanja koji mu je nedostajao.

Et il se sentait de nouveau beaucoup plus en sécurité au sein de sa famille.

I ponovno se osjećao puno sigurnije u obitelji.

Il avait le sentiment d'être à nouveau intégré au cercle humain.

Osjećao se kao da je ponovno uključen u ljudski krug.

Il ne lui restait plus qu'à espérer que le serrurier puisse ouvrir la porte.

Sad se morao nadati da će bravar moći otvoriti vrata.

Et il espérait que le médecin serait capable d'accomplir de telles tâches.

I nadao se da liječnik može obavljati takve zadatke.

Il allait bientôt devoir reprendre la parole.

Uskoro će opet morati više pričati.

Il allait falloir que sa voix soit aussi claire que possible.

Njegov glas je morao biti što jasniji.

Pour se préparer à la réunion, il s'éclaircit la gorge.

Kako bi se pripremio za sastanak, nakašljao se.

Il s'efforçait toutefois de tousser très discrètement.

Međutim, trudio se kašljati samo vrlo tiho.

Ce bruit pouvait être différent d'une toux humaine.

Zvuk je možda zvučao drugačije od ljudskog kašlja.

Il savait qu'il ne pouvait plus faire la différence entre de telles choses.

Znao je da više ne može razlikovati takve stvari.

Dans la pièce voisine, le silence était total.

U susjednoj sobi je postalo potpuno tiho.

Les parents étaient probablement assis à table.

Roditelji su vjerojatno sjedili za stolom.

Ils chuchotaient peut-être avec le gérant.

Možda su šaputali s upraviteljem.

Peut-être que tout le monde était appuyé contre la porte et écoutait.

Možda su se svi naslonili na vrata i slušali.
Gregor poussa lentement la chaise vers la porte.
Gregor je polako gurnuo stolicu prema vratima.
Il s'appuya contre la porte et se tint droit.
Pritisnuo je vrata i uspravio se.
Il a découvert que la plante de ses pieds était légèrement collée.
Saznao je da jastučići njegovih stopala imaju malo ljepila.
Et il se reposa là un instant, épuisé.
I ondje se na trenutak odmorio od napora.
Après s'être suffisamment reposé, il s'attela à la tâche suivante.
Nakon što se dovoljno odmorio, krenuo je sa sljedećim zadatkom.
Il commença à tourner la clé dans la serrure avec sa bouche.
Počeo je okretati ključ u bravi ustima.
Malheureusement, il semblait qu'il n'avait pas de dents.
Nažalost, činilo se da nije imao prave zube.
Mais quel autre moyen avait-il pour s'emparer des clés ?
Ali koji je drugi način imao da zgrabi ključeve?
Heureusement pour lui, ses mâchoires étaient bien sûr très fortes.
Srećom po njega, njegove su čeljusti naravno bile vrlo jake.
Grâce à la force de ses mâchoires, il a vraiment réussi à faire bouger la clé.
Uz pomoć čeljusti je stvarno pokrenuo ključ.
Il ne doutait pas qu'il se faisait du mal à lui-même également.
Nije sumnjao da i sam sebi nanosi štetu.
Parce qu'un liquide brunâtre sortait de sa bouche.
Jer mu je iz usta izlazila smeđa tekućina.
Le liquide brunâtre a coulé sur la clé et le long de la porte.
Smeđa tekućina tekla je preko ključa i niz vrata.
Mais Gregor ne se souciait pas de se faire du mal.
Ali Gregora nije bilo briga što si time šteti.
« Vous entendez ça ? » demanda le gérant dans la pièce voisine.
voisine.

„Čujete li to?" rekao je upravitelj u susjednoj sobi.

« Il tourne la clé », avait remarqué le gérant.

„Okreće ključ", primijetio je upravitelj.

Ces paroles furent un grand encouragement pour Gregor.

Ove su riječi bile velika ohrabrujuća poruka za Gregora.

Mais le père et la mère auraient également dû crier :

Ali i otac i majka trebali su viknuti:

« Bien joué, Gregor ! » auraient-ils dû lui crier.

„Dobro, Gregor", trebali su mu viknuti.

«Continue, continue de tourner la clé, tu peux le faire.»

"Samo naprijed, okreći taj ključ, možeš ti to."

Mais Gregor dut plutôt imaginer leur enthousiasme.

Ali umjesto toga Gregor je morao zamisliti njihovo uzbuđenje.

Il serra les mâchoires de toutes ses forces.

Stisnuo je čeljusti svom snagom koju je imao.

Et il continua à tourner la clé dans la serrure.

I nastavio je okretati ključ u bravi.

Son corps se tordit douloureusement en un cercle.

Tijelo mu se bolno vrtjelo u krug.

Il ne tenait plus debout qu'avec sa bouche.

Sada se držao uspravno samo ustima.

Pour continuer à tourner la clé, il appuya contre la porte.

Da bi nastavio okretati ključ, pritisnuo je vrata.

Finalement, le claquement de la serrure réveilla de nouveau Gregor.

Konačno je škljocanje brave ponovno probudilo Gregora.

« Je n'avais donc pas besoin du serrurier », soupira-t-il de soulagement.

„Dakle, bravar mi nije trebao", uzdahnuo je s olakšanjem.

Il ne lui restait plus qu'à ouvrir la porte qu'il avait déverrouillée.

Sad je samo trebao otvoriti vrata koja je otključao.

Et, la tête sur la poignée, il ouvrit la porte.

I s glavom na kvaki otvorio je vrata.

Il se trouvait derrière la porte qui donnait sur sa chambre.

Bio je iza vrata koja su vodila u njegovu sobu.

La porte était donc déjà ouverte avant même qu'on puisse le voir.

Dakle, vrata su već bila otvorena prije nego što su ga mogli vidjeti.

Il lui fallait ensuite se faufiler autour de la porte elle-même.

Zatim se morao sam provući oko samih vrata.

Ce mouvement difficile a également nécessité beaucoup d'efforts.

Ovaj težak pokret također je zahtijevao mnogo truda.

Il ne voulait pas tomber maladroitement dans la pièce voisine.

Nije htio nespretno pasti u susjednu sobu.

Il n'avait donc pas le temps de prêter attention à quoi que ce soit d'autre.

Stoga nije imao vremena obraćati pažnju na bilo što drugo.

Mais il entendit alors le chef de bureau s'exclamer bruyamment : « Oh ! »

Ali onda je čuo glavnog službenika kako glasno izgovara "Oh!"

On aurait dit que le vent soufflait en rafales dans la maison.

Zvučalo je kao da vjetar juri kroz kuću.

Il se trouvait être celui qui était le plus proche de la porte.

Slučajno je bio onaj najbliži vratima.

Et maintenant, en le voyant, il porta sa main à sa bouche.

I sada, vidjevši ga, prislonio je ruku na usta.

Il recula lentement, s'éloignant de Gregor.

Polako se pomaknuo unatrag, dalje od Gregora.

Mais c'était comme si une force invisible agissait sur lui.

Ali kao da je na njega djelovala nevidljiva sila.

La première chose que fit la mère fut de regarder le père.

Prvo što je majka učinila bilo je pogledati oca.

Malgré la présence du gérant, ses cheveux étaient en désordre.

Unatoč prisutnosti menadžera, kosa joj je bila raščupana.

Elle déplia les bras et fit deux pas en avant.

Raširila je ruke i napravila dva koraka naprijed.

Mais elle s'est effondrée au milieu de sa jupe.

Ali onda se srušila usred suknje.

Sa robe s'est étalée tout autour d'elle sur le sol.

Haljina joj se raširila oko nje po podu.

Et sa tête disparut sur sa poitrine.

I glava joj je nestala na vlastitim grudima.

Le père serra le poing avec une expression hostile.

Otac je stisnuo šaku s neprijateljskim izrazom lica.

Il semblait vouloir que Gregor soit renvoyé dans sa chambre.

Činilo se kao da želi da Gregora gurnu natrag u svoju sobu.

Il jeta ensuite un regard incertain autour du salon.

Zatim je nesigurno pogledao po dnevnoj sobi.

Et finalement, il se couvrit les yeux entre ses mains.

I na kraju je pokrio oči među rukama.

Et il pleura amèrement jusqu'à ce que sa poitrine puissante tremble.

I gorko je plakao dok mu se moćna prsa nisu zatresla.

Gregor n'est en réalité pas entré dans leur chambre.

Gregor zapravo uopće nije ušao u njihovu sobu.

Au lieu de cela, il s'appuya contre le cadre de la porte.

Umjesto toga, naslonio se na okvir vrata.

Seule la moitié de son corps était visible de l'extérieur.

Samo polovica njegova tijela bila je vidljiva onima vani.

Et sur son corps reposait sa tête, inclinée sur le côté.

A na vrhu tijela bila mu je glava, nagnuta u stranu.

La lumière était désormais devenue beaucoup plus vive qu'auparavant.

Do sada je svjetlo postalo mnogo jače nego prije.

On pouvait désormais voir clairement l'autre côté de la rue.

Sada se jasno mogla vidjeti druga strana ulice.

Une partie de l'hôpital gris et interminable se dévoila.

Otkrio se dio beskrajne, sive bolnice.

La pluie matinale n'avait pas encore complètement cessé de tomber.

Jutarnja kiša još nije sasvim prestala padati.

Mais maintenant, les gouttes de pluie étaient plus grosses et plus espacées.

Ali sada su kapi kiše bile veće i dalje jedna od druge.

Les plats du petit-déjeuner étaient disposés en abondance sur la table.

Jela za doručak bila su na stolu u izobilju.

Le père considérait le petit-déjeuner comme le repas le plus important.

Otac je smatrao doručak najvažnijim obrokom.

Le petit-déjeuner était un repas qu'il s'éternisait pendant des heures.

Doručak je bio obrok koji je odugovlačio satima.

Et pendant ces heures, il lisait les différents journaux.

I u tim je satima čitao razne novine.

Juste en face, sur le mur, était accrochée une photo de Gregor.

Na suprotnom zidu visjela je Gregorova fotografija.

La photographie accrochée au mur le montrait en lieutenant.

Fotografija na zidu prikazivala ga je kao poručnika.

C'était une photo de l'époque où il était dans l'armée.

Bila je to slika iz vremena koje je proveo u vojsci.

Sa main était posée sur son épée, et il arborait un sourire insouciant.

Ruka mu je bila na maču, a na licu mu se ležerno smiješio.

Sa posture et son uniforme imposaient un certain respect.

Njegovo držanje i uniforma zahtijevali su određeno poštovanje.

L'autre porte qui menait à l'antichambre était également ouverte.

Druga vrata koja su vodila u predsoblje također su bila otvorena.

Et la porte de l'appartement était encore ouverte elle aussi.

I vrata stana su još uvijek bila otvorena.

On pouvait voir jusqu'à la cour de l'immeuble.

Moglo se vidjeti sve do prednjeg dvorišta stana.

Puis les escaliers descendaient sur la rue en contrebas.

A onda su stepenice vodile dolje na ulicu.

Gregor était le seul à avoir gardé son sang-froid.

Gregor je bio jedini koji je zadržao prisebnost.

Il a constaté cela, la conversation était donc de sa responsabilité.

Vidio je to, pa je razgovor bio njegova odgovornost.

« Bon, je vais m'habiller pour le travail maintenant », dit-il.

„Pa, sad ću se obući za posao“, rekao je.

« Une fois que j'aurai emballé les échantillons de tissu, je partirai. »

"Nakon što spakiram uzorke tekstila, otići ću."

«Vous comptez toujours me tirer dessus, Monsieur Prokurist ?»

"Gospodine Prokurist, još uvijek namjeravate li me otpustiti?"

« Comme vous pouvez le constater, je ne suis pas aussi têtue que vous le pensiez. »

"Kao što vidiš, nisam tako tvrdoglav kao što si mislio."

« Et vous pouvez constater que j'aime bien travailler, après tout. »

"I vidiš da ipak volim raditi."

« Je peux admettre que voyager pour le travail n'est pas facile. »

"Mogu priznati da putovanje zbog posla nije lako."

« Mais je peux aussi accepter que cela fasse partie de mon travail. »

"Ali mogu prihvatiti i da je to dio mog posla."

« Chef de projet, où allez-vous ? Retournez-vous au bureau ? »

"Menadžeru, kamo idete? Natrag u ured?"

« Allez-vous rapporter fidèlement tout ce que vous avez vu ? »

"Hoćete li istinito izvijestiti o svemu što ste vidjeli?"

«Il arrive parfois qu'on soit dans l'incapacité d'aller travailler.»

"Ponekad se dogodi da netko ne može ići na posao."

« C'est le moment idéal pour se souvenir des succès passés. »

"To je pravo vrijeme da se prisjetimo prošlih postignuća."

« Une fois la difficulté surmontée, on travaille encore mieux. »

"Nakon uklanjanja teškoće, čovjek radi još bolje."

« Ma diligence et ma concentration vont augmenter. »
"Moja marljivost i koncentracija će se povećati."
«Vous savez très bien que je suis redevable envers le patron.»
"Dobro znaš da sam dužan šefu."
« Mais je suis aussi inquiète pour mes parents et ma sœur. »
"Ali također, brinem se za svoje roditelje i sestru."
« Je suis dans une situation délicate, mais je vais m'en sortir. »
"U teškoj sam situaciji, ali izvući ću se iz nje."
« Ne compliquez pas davantage les choses. »
"Nemoj ovo činiti težim nego što već jest."
« En tant que collègues, nous devons aussi nous entraider. »
"Kao kolege na radu, i mi moramo pomagati jedni drugima."
« Je sais que les employés de bureau n'aiment pas les voyageurs. »
"Znam da uredski radnici ne vole putnike."
«Vous croyez qu'on gagne des fortunes et qu'on mène une vie confortable.»
"Misliš da zarađujemo bogatstvo i vodimo dobre živote."
« Ils n'ont aucune raison valable de tenir compte de leurs préjugés. »
"Nemaju pravog razloga da uzmu u obzir svoje predrasude."
« Mais vous, agent habilité, votre rôle est différent. »
"Ali vi, ovlašteni službeniče, imate drugačiju ulogu."
«Vous avez une meilleure vue d'ensemble que les autres membres du personnel.»
"Imate bolji pregled od ostalog osoblja."
« En fait, je pense que vous avez peut-être la meilleure vue d'ensemble. »
"Zapravo mislim da možda imate najbolji pregled."
«Vous avez une meilleure vision d'ensemble que le patron lui-même.»
"Imaš bolji pregled od samog šefa."
« J'admets que c'est le patron qui fait le travail d'entrepreneur. »
"Priznajem da šef obavlja poduzetnički posao."

« Mais il est facile de se tromper dans ses jugements. »
"Ali lako je da njegovi sudovi budu pogrešni."
« Et ces petites erreurs de jugement peuvent nous être préjudiciables. »
"I te male pogrešne procjene mogu nam biti na štetu."
«Vous savez combien il est facile de parler du voyageur.»
"Znaš kako je lako govoriti o putniku."
« Il n'est pas là pour défendre sa réputation contre les rumeurs. »
"On nije tamo da brani svoj ugled od tračeva."
« Ces accusations peuvent très bien n'être que des coïncidences. »
"Ove optužbe lako mogu biti samo slučajnosti."
« Nombre de ces plaintes ne reposent même sur aucune vérité. »
"Mnoge pritužbe nisu ni utemeljene na istinama."
«Il est absent du bureau pendant presque toute l'année.»
"Gotovo cijelu godinu nije u uredu."
«Quelles chances a-t-il de défendre sa propre réputation ?»
"Kakve šanse ima obraniti vlastiti ugled?"
«Il n'a même pas connaissance des accusations.»
"On čak ni ne čuje za optužbe."
«Il découvre ce qui a été dit lorsqu'il est trop tard.»
"On saznaje što je rečeno kad je prekasno."
« À ce stade, il est épuisé par le voyage de la journée. »
"Do tada je već iscrpljen od cjelodnevnog putovanja."
« Il devra de toute façon en subir les terribles conséquences. »
"Ionako mora iskusiti strašne posljedice."
« Même s'il n'a aucun moyen de comprendre le problème. »
"Iako nema načina da shvati problem."
« Oh, manager, ne partez pas sans me dire un mot. »
"O, menadžere, nemoj otići bez da mi kažeš ijednu riječ."
«Dites-moi au moins que vous êtes d'accord avec moi en partie.»
"Barem mi reci da se djelomično slažeš sa mnom."
Mais le directeur s'était détourné de Gregor bien plus tôt.

Ali menadžer se mnogo ranije okrenuo od Gregora.

Son épaule tressaillit lorsqu'il se retourna vers Gregor.

Rame mu se trznulo kad je ponovno pogledao Gregora.

Et il n'est pas resté immobile une seule fois pendant tout son discours.

I nijednom nije stajao mirno tijekom govora.

Il se retournait vers Gregor, les lèvres pincées.

Gledao je Gregora stisnutih usana.

Il reculait progressivement vers la porte.

Polako se povlačio prema vratima.

Mais il ne pouvait pas non plus détacher son regard de Gregor.

Ali ni on nije mogao skinuti pogled s Gregora.

Il avait l'impression qu'il lui était secrètement interdit de quitter la pièce.

Osjećao se kao da postoji tajna zabrana izlaska iz sobe.

Mais à ce stade, il se trouvait déjà dans le hall d'entrée.

Ali u ovoj fazi već je bio u ulaznom hodniku.

Et soudain, il fit un mouvement vers la sortie.

I sada je napravio nagli pokret prema izlazu.

Il tendit la main droite vers les escaliers.

Ispružio je desnu ruku prema stepenicama.

Peut-être qu'une force surnaturelle attendait pour le sauver.

Možda ga je neka nadnaravna sila čekala da ga spasi.

Gregor savait qu'il ne pouvait pas le laisser partir comme ça.

Gregor je znao da mu ne može dopustiti da ovako ode.

Le manager ne doit pas revenir dans le même état d'esprit qu'avant.

Upravitelj se ne smije vratiti u raspoloženju u kakvom je bio.

La sécurité de l'emploi de Gregor était fortement menacée.

Sigurnost Gregorovog posla bila je uvelike ugrožena.

Les parents ne comprenaient pas tout cela.

Roditelji nisu mogli u potpunosti razumjeti sve to.

Au fil des ans, ils s'étaient habitués à sa sécurité d'emploi.

Tijekom godina navikli su se na sigurnost njegovog posla.

Et ils étaient convaincus qu'il avait ce poste à vie.

I bili su uvjereni da ima posao doživotno.

Au lieu de cela, ils s'étaient préoccupés d'autres soucis.
Umjesto toga, bili su zaokupljeni drugim brigama.
Mais ces préoccupations leur ont fait perdre toute prévoyance.
Ali te brige su ih dovele do toga da izgube svaku predviđanje.
Gregor, cependant, n'avait pas perdu la clairvoyance de ses parents.
Gregor, međutim, nije izgubio roditeljsku predviđanje.
Il a fallu que quelqu'un arrête le représentant autorisé.
Netko je morao zaustaviti ovlaštenog predstavnika.
Il allait devoir le calmer et le convaincre.
Morat će ga smiriti i uvjeriti.
L'avenir de Gregor et de sa famille en dépendait !
Budućnost Gregora i njegove obitelji ovisila je o tome!
Si seulement sa sœur intelligente avait été là pour l'aider.
Kad bi samo inteligentna sestra bila tu da pomogne.
Elle avait déjà pleuré alors que Gregor était encore dans sa chambre.
Već je plakala dok je Gregor još bio u svojoj sobi.
À ce moment-là, il était simplement allongé tranquillement sur le dos.
U tom trenutku samo je mirno ležao na leđima.
Elle connaissait déjà l'importance de la situation à ce moment-là.
Već je tada znala važnost situacije.
Le directeur était connu pour avoir un faible pour les femmes.
Menadžer je imao dobro poznatu slabost prema ženama.
Elle aurait facilement pu le persuader de rester plus longtemps.
Lako ga je mogla nagovoriti da ostane dulje.
Elle aurait fermé la porte et l'aurait fait rentrer.
Zatvorila bi vrata i uvela ga natrag unutra.
Mais malheureusement, sa sœur était partie chercher un médecin.
Ali nažalost, sestra je otišla po liječnika.

Gregor n'avait donc pas d'autre choix que de le faire lui-même.

Stoga Gregor nije imao drugog izbora nego to učiniti sam.

Il n'avait pas réfléchi à quelles étaient réellement ses capacités.

Nije razmišljao o tome kakve su mu zapravo sposobnosti.

Et il avait oublié de se méfier de sa capacité à parler.

I zaboravio je sumnjati u svoju sposobnost govora.

Mais il a néanmoins quitté la sécurité de sa chambre.

Ali ipak, napustio je sigurnost svoje sobe.

Et il se faufila par l'ouverture de la pièce.

I progurao se kroz otvor sobe.

Le directeur était déjà en train de descendre les escaliers.

Upravitelj je već silazio niz stepenice.

Mais il s'accrochait à la rambarde à deux mains.

Ali se objema rukama držao za ogradu.

Gregor tomba en se poussant à travers la porte.

Gregor je pao dok se gurao kroz vrata.

Il laissa échapper un petit cri en cherchant un appui.

Ispustio je tihi krik dok se hvatao za oslonac.

Mais au lieu de paniquer, il a ressenti un bien-être physique.

Ali umjesto panike, osjećao je fizičko blagostanje.

Pour la première fois ce matin-là, quelque chose semblait juste.

Prvi put tog jutra nešto se činilo ispravnim.

Il avait désormais toutes les jambes bien ancrées au sol.

Sve njegove noge sada su imale čvrsto tlo pod sobom.

Il était surpris de constater à quel point il contrôlait bien ses jambes.

Bio je iznenađen koliko dobro može kontrolirati noge.

Il était heureux de constater que ses jambes lui obéissaient parfaitement.

Bio je sretan kad je primijetio da ga noge potpuno slušaju.

En réalité, ses jambes le portaient partout où il le voulait.

Zapravo, noge su ga nosile kamo god je htio.

Bientôt, tous ses chagrins allaient prendre fin.

Uskoro je svim njegovim tugama došao kraj.

Mais au même moment, sa propre mère se leva d'un bond.

Ali u istom trenutku njegova vlastita majka skočila je.

Ses bras étaient tendus et ses doigts écartés.

Ruke su joj bile ispružene, a prsti rašireni.

Et elle s'est écriée : « Au secours ! Au nom de Dieu, que quelqu'un m'aide ! »

I vrisnula je: "Upomoć, za ime Božje, neka mi netko pomogne!"

Elle inclina la tête ; elle voulait mieux voir Gregor.

Nagnula je glavu; htjela je bolje vidjeti Gregora.

Mais contrairement à sa première action, elle est revenue en courant.

Ali kao posljedica prve akcije, potrčala je natrag.

Elle avait oublié que la table était mise derrière elle.

Zaboravila je da je stol postavljen iza nje.

Tout ce qui était prévu pour le petit-déjeuner était encore sur la table.

Sve stvari za doručak još su bile na stolu.

Elle s'assit précipitamment sur la table, comme distraite.

Brzo je sjela na stol, kao da je rastresena.

Et elle n'a pas semblé remarquer le café renversé.

I činilo se da nije primijetila prolivenu kavu.

Le café était maintenant en train d'imbiber la moquette.

Kava koja je sada upijala tepih.

« Maman, maman », dit doucement Gregor en levant les yeux vers elle.

„Mama, mama", reče Gregor tiho, pogledavši je.

Pour le moment, le manager ne lui importait pas.

Za sada mu menadžer nije bio važan.

Mais il y avait aussi le café qui coulait sur la moquette.

Ali i kava je kapala na tepih.

Gregor n'a pas pu s'empêcher de claquer des dents devant le café.

Gregor nije mogao odoljeti da ne škljoca čeljustima prema kavom.

La mère se remit à pleurer à cause de son comportement.

Majka je ponovno počela plakati zbog njegovog ponašanja.

Elle a sauté de la table pour prendre ses distances avec lui.

Skočila je sa stola kako bi se distancirala od njega.

Et elle s'est réfugiée dans les bras de son père.

I potrčala je u zagrljaj oca, tražeći sigurnost.

Mais Gregor n'avait plus de temps à consacrer à ses parents.

Ali Gregor sada nije imao vremena za roditelje.

L'agent habilité se trouvait déjà dans l'escalier.

Ovlašteni službenik već je bio na stubama.

Il avait le menton appuyé sur la rambarde, pour regarder à l'intérieur de la maison.

Naslonio je bradu na ogradu kako bi mogao vidjeti u kuću.

Apparemment, il voulait jeter un dernier coup d'œil au spectacle.

Očito je želio još jednom pogledati taj spektakl.

Et Gregor fit un dernier effort pour joindre le directeur.

I Gregor je učinio posljednji pokušaj da dođe do upravitelja.

Il courut vers la porte aussi prudemment qu'il le put.

Potrčao je prema vratima što je sigurnije mogao.

Mais le chef de bureau devait se douter de quelque chose.

Ali glavni službenik je morao nešto posumnjati.

Parce qu'il a descendu quelques marches et a disparu.

Jer je skočio niz nekoliko stepenica i nestao.

« Hein ! » s'écria Gregor, sa voix résonnant dans la cage d'escalier.

„Huh!" viknuo je Gregor, odjekujući kroz stubište.

La fuite du manager sembla également déconcerter son père.

Upraviteljev bijeg kao da je zbunio i njegovog oca.

Jusque-là, il était parvenu à garder son calme.

Do tada je uspio ostati prilično smiren.

Mais malheureusement, lui aussi a perdu le sang-froid qu'il avait eu.

Ali nažalost, i on je izgubio prisebnost koju je imao.

Il aurait dû aider Gregor dans sa quête.

Ono što je trebao učiniti jest pomoći Gregoru u njegovoj potjeri.

Mais, d'une main, il saisit la canne du directeur.

Ali, zgrabio je upraviteljev štap za hodanje jednom rukom.

Et dans l'autre main, il tenait maintenant un journal.

A u drugoj ruci sada je držao novine.
Et il entravait désormais directement Gregor dans sa poursuite.
I sada je izravno ometao Gregora u njegovoj potjeri.
Il s'était placé entre Gregor et la rue.
Postavio se između Gregora i ulice.
Il tapa du pied et agita le bâton et le journal.
Lupao je nogama i mahao štapom i novinama.
Et il forçait activement Gregor à retourner dans sa chambre.
I aktivno je prisiljavao Gregora natrag u svoju sobu.
Aucune des demandes formulées par Gregor n'a été utile.
Nijedan od zahtjeva koje je Gregor pokušao uputiti nije pomogao.
Parce qu'aucune de ses demandes n'a été comprise.
Jer nijedan od njegovih zahtjeva nije bio shvaćen.
Il tourna la tête vers un angle plus profond et plus humble.
Okrenuo je glavu pod dubljim, skromnijim kutom.
Mais son père répondit en tapant du pied encore plus fort.
Ali njegov otac je odgovorio još jače lupajući nogama.
La mère ouvrit une fenêtre, malgré la fraîcheur ambiante.
Majka je otvorila prozor, unatoč hladnom vremenu.
Et elle enfouit son visage dans ses mains froides.
I pritisnula je lice u ruke na hladnoći.
Le vent pouvait désormais traverser tout l'appartement.
Vjetar je sada mogao proći kroz cijeli stan.
Un fort courant d'air soufflait de l'escalier vers la ruelle.
Jak propuh puhao je sa stubišta prema uličici.
Les rideaux claquaient sous l'effet du vent violent.
Zavjese su lepršale od jakog vjetra.
Et le journal posé sur la table bruissait dans le vent.
I novine na stolu šuštale su na vjetru.
Même des feuilles ont été soufflées à l'intérieur de la maison depuis l'extérieur.
Čak je i nešto lišća upalo u kuću izvana.
Le père tapa du pied et poussa sans relâche.
Otac je lupao nogama i neumoljivo gurao.

Et il sifflait et émettait des bruits comme un homme sauvage.

I siktao je i ispuštao zvukove poput divljaka.

Mais Gregor ne s'était pas encore entraîné à marcher à reculons.

Ali Gregor još nije vježbao hodanje unatrag.

Même Gregor admettrait que ce mouvement était beaucoup plus lent.

Čak bi i Gregor priznao da je ovaj pokret bio mnogo sporiji.

Tout ce qu'il souhaitait, c'était avoir la possibilité de faire demi-tour.

Sve što je želio bila je prilika da se okrene.

Il serait alors allé directement dans sa chambre.

Onda bi odmah otišao u svoju sobu.

Mais il avait trop peur d'impatienter son père.

Ali previše se bojao da će oca učiniti nestrpljivim.

Et il y avait la menace d'un coup de bâton.

I postojala je prijetnja udarcem štapom.

Un tel coup à l'arrière de la tête pourrait être fatal.

Takav udarac u potiljak mogao bi biti fatalan.

Mais finalement, Gregor n'avait pas d'autre choix.

Ali na kraju Gregor nije imao drugog izbora.

Il s'est rendu compte qu'il ne pouvait même plus marcher droit à reculons.

Shvatio je da ne može ni hodati ravno unatrag.

Il commença à se retourner aussi vite qu'il le put.

Počeo se okretati što je brže mogao.

Mais en réalité, ce mouvement de rotation était tout aussi lent.

Ali u stvarnosti je ovo okretanje bilo jednako sporo.

Et il fut suivi des regards anxieux du père.

I pratili su ga očevi zabrinuti pogledi.

Peut-être le père avait-il remarqué les bonnes intentions de Gregor.

Možda je otac primijetio Gregorove dobre namjere.

Parce qu'il ne l'a pas empêché de se retourner.

Jer ga nije ometao da se okrene.

Il a même utilisé le bout de son bâton pour guider la rotation.

Čak je koristio vrh štapa kako bi vodio rotaciju.

Mais Gregor aurait préféré que son père ne lui ait pas sifflé dessus !

Ali Gregor je ipak želio da otac nije siktao na njega!

Le sifflement ne fit qu'ajouter à la confusion du moment.

Šištanje je samo doprinijelo zbunjenosti trenutka.

Puis il a commis une erreur et a tourné dans la mauvaise direction.

A onda je napravio grešku i skrenuo u krivom smjeru.

Finalement, il a réussi à se tourner dans la bonne direction.

Na kraju se ipak uspio okrenuti u pravom smjeru.

Et il était satisfait des progrès qu'il avait accomplis.

I bio je zadovoljan napretkom koji je postigao.

Mais un autre problème est alors devenu encore plus évident.

Ali onda je sljedeći problem postao još očitiji.

Son corps était trop large pour passer facilement la porte.

Tijelo mu je bilo preširoko da bi lako prošlo kroz vrata.

Dans son état actuel, le père ne s'en est pas aperçu.

U svom trenutnom stanju otac to nije primijetio.

Il ne lui vint donc pas à l'esprit d'ouvrir davantage la porte.

Stoga mu nije palo na pamet da dalje otvori vrata.

Il y aurait alors eu suffisamment de place pour Gregor.

Tada bi bilo dovoljno mjesta za Gregora.

Sa seule priorité était de faire entrer Gregor dans sa chambre.

Njegov jedini prioritet bio je dovesti Gregora u svoju sobu.

Il aurait dû se lever pour passer la porte.

Morao bi ustati da bi prošao kroz vrata.

Mais le père n'aurait pas permis une telle manœuvre.

Ali otac ne bi dopustio takav manevar.

En fait, il le sifflait encore plus sauvagement qu'avant.

Zapravo je siktao na njega još divlje nego prije.

On aurait dit qu'il y avait plus d'un homme qui lui sifflait dessus.

Zvučalo je kao da mu sikće više od samo jednog čovjeka.
Ses revendications semblaient revêtir une nouvelle urgence.
Činilo se da njegovi zahtjevi imaju novu hitnost iza sebe.
Il n'y avait vraiment plus de temps à perdre.
Sada stvarno više nije bilo vremena za zezanje.
Quoi qu'il arrive, Gregor devait franchir la porte.
Što god se dogodilo, Gregor je morao proći kroz vrata.
Il s'est imposé sans aucun égard pour lui-même.
Progurao se bez imalo samoobzira.
Un côté de son corps fut projeté vers le haut par le mouvement.
Jedna strana njegovog tijela bila je prisiljena prema gore zbog pokreta.
Et il était allongé de travers, maladroitement, dans l'embrasure de la porte.
I ležao je nespretno i nakrivljeno između vrata.
Un de ses flancs était à vif à cause du frottement contre le bois.
Jedan mu je bok bio grubo ogreban o drvo.
Et il avait laissé des taches disgracieuses sur la porte peinte en blanc.
I ostavio je ružne mrlje na bijelo obojenim vratima.
Les jambes d'un de ses côtés pendaient en tremblant dans le vide.
Noge na jednoj od njegovih strana drhtavo su visjele u zraku.
Ses autres jambes étaient douloureusement enfoncées dans le sol.
Druge su mu noge bile bolno pritisnute o pod.
Bientôt, il allait se retrouver complètement coincé entre la porte et le mur.
Uskoro će se potpuno zaglaviti između vrata.
Et alors, il n'aurait plus pu bouger du tout.
I onda se uopće ne bi mogao pomaknuti.
Mais le père lui a donné une forte impulsion véritablement libératrice.
Ali otac mu je dao uistinu oslobađajući snažan poticaj.
Et il tomba, ensanglanté, loin dans sa chambre.

I pao je, jako krvareći, daleko u svoju sobu.
Le père claqua la porte derrière lui avec sa canne.
Otac je zalupio vrata za sobom štapom.
Et puis, enfin, le calme et la tranquillité revinrent.
I onda je konačno opet zavladao mir i tišina.

Deuxième partie
Drugi dio

Gregor ne s'est réveillé que bien plus tard dans la journée.

Gregor se nije probudio sve do mnogo kasnije tijekom dana.

Le crépuscule était tombé ; il avait dormi profondément, inconsciemment.

Pao je sumrak; spavao je teško i nesvjesno.

Il se serait réveillé même sans avoir été dérangé.

Probudio bi se čak i bez da ga itko uznemirava.

Parce qu'il se sentait suffisamment reposé et avait bien dormi.

Jer se osjećao dovoljno odmornim i dobro naspavanim.

Mais il crut entendre quelques pas furtifs à l'extérieur.

Ali mislio je da vani čuje neke kratke korake.

Et quelqu'un aurait pu refermer soigneusement la porte d'entrée.

I netko je možda pažljivo zatvorio ulazna vrata.

La lumière du tramway électrique se projetait faiblement au plafond.

Svjetlost električnog tramvaja blijedo je ležala na stropu.

Le dessus du meuble a également reçu un peu de lumière.

Vrh namještaja također je dobio malo svjetla.

Mais en bas, au niveau de Gregor, il faisait sombre.

Ali dolje na tlu, na Gregorovoj razini, bilo je mračno.

Ses jambes le poussèrent lentement de nouveau vers la porte.

Noge su ga polako ponovno gurale prema vratima.

Il était très curieux de voir ce qui s'était passé là-bas.

Bio je jako znatiželjan vidjeti što se tamo dogodilo.

Mais le contrôle de ses antennes n'était pas encore développé.

Ali njegova kontrola nad osjetilima još nije bila razvijena.

Bien qu'il ait commencé à apprécier ces nouveaux capteurs.

Iako je počeo cijeniti ove nove senzore.

Une longue et disgracieuse cicatrice semblait lui barrer le flanc gauche.

Dugačak, neugodan ožiljak kao da se protezao niz njegovu lijevu stranu.

La cicatrice lui donnait l'impression de contracter ce côté de son corps.

Ožiljak kao da mu je stezao tu stranu tijela.

Il devait donc littéralement boiter en s'appuyant sur ses deux rangées de pattes.

I tako je doslovno morao šepati na svoja dva reda nogu.

L'une de ses jambes avait été grièvement blessée ce matin-là.

Tog jutra mu je bila teško ozlijeđena jedna noga.

C'était vraiment un miracle qu'il ne se soit pas cassé plus de jambes.

Pravo je čudo što nije slomio još nekoliko nogu.

Et il traîna donc sa jambe blessée, inerte, derrière lui.

I tako je beživotno vukao ozlijeđenu nogu za sobom.

Lorsqu'il atteignit la porte, il réalisa quelque chose de profond.

Kad je stigao do vrata, shvatio je nešto dubokoumno.

C'était l'odeur de quelque chose qui l'avait attiré là.

Bio je to miris nečega što ga je namamilo tamo.

Quelque chose de comestible avait été laissé pour Gregor dans sa chambre.

Nešto jestivo bilo je ostavljeno za Gregora u njegovoj sobi.

Des morceaux de pain blanc flottant dans un bol de lait sucré.

Komadići bijelog kruha plutaju u zdjeli slatkog mlijeka.

Il pouvait à peine contenir la joie qui l'habitait.

Jedva je mogao obuzdati radost koja je tinjala u njemu.

Il avait encore plus faim maintenant que le matin.

Sada je bio još gladniji nego ujutro.

Il plongea aussitôt la tête dans le bol de lait.

Odmah je zaronio glavu u zdjelu s mlijekom.

Le lait lui recouvrait presque toute la tête, jusqu'aux yeux.

Mlijeko mu je izronilo gotovo cijelom glavom, sve do očiju.

Mais il a rapidement retiré sa tête, amèrement déçu.

Ali ubrzo je zabacio glavu, gorko razočaran.

L'alimentation était difficile en raison de la fragilité de son côté gauche.

Jesti je bilo teško zbog njegove osjetljive lijeve strane.

Et il ne pouvait manger qu'en haletant de tout son corps.

I mogao je jesti samo dahćući svim tijelom.

Mais ce n'était pas la véritable raison de sa déception.

Ali to nije bio pravi razlog njegovog razočaranja.

Le lait avait toujours été l'un de ses plats préférés.

Mlijeko je oduvijek bilo jedno od njegovih omiljenih jela.

Il ne doutait pas que sa sœur s'en souvenait.

Nije sumnjao da se njegova sestra toga sjetila.

Et c'est pour cela qu'elle lui avait donné du lait.

I to je bio razlog zašto mu je dala mlijeko.

Il n'a pas su expliquer pourquoi il n'aimait plus le lait.

Nije mogao objasniti zašto sada ne voli mlijeko.

Et il se détourna du bol presque à contrecœur.

I okrenuo se od zdjele gotovo s nevoljkošću.

Déçu, il retourna en rampant au milieu de la pièce.

Razočaran, otpuzao je natrag do sredine sobe.

De là, il pouvait voir à travers la fente de la porte.

Ovdje je mogao vidjeti kroz pukotinu na vratima.

Il pouvait voir que le feu était allumé dans le salon.

Mogao je vidjeti da je vatra u dnevnoj sobi bila upaljena.

Habituellement, à cette heure-ci, le père lisait le journal.

Obično je u to vrijeme otac čitao novine.

Il avait toujours l'habitude de lire à sa mère à voix haute.

Uvijek je čitao majci povišenim glasom.

Parfois, la sœur écoutait aussi les conversations du père.

Ponekad je i sestra prisluškivala oca.

Elle avait toujours parlé à Gregor de ces lectures à voix haute.

Uvijek je Gregoru pričala o ovom čitanju naglas.

Mais aujourd'hui, aucun son ne provenait de la pièce.

Ali danas iz sobe nije dopirao nikakav zvuk.

Peut-être cette habitude s'était-elle déjà perdue.

Možda je ta navika već izašla iz prakse.

Un silence profond s'était installé dans tout l'appartement.

Duboka tišina zavladala je cijelim stanom.

Bien qu'il sût que l'appartement n'était certainement pas vide.

Iako je znao da stan sigurno nije prazan.

« Quelle vie tranquille mène cette famille », pensa Gregor.

„Kakav miran život vodi obitelj", pomislio je Gregor.

Et il fixa l'obscurité avec une grande fierté.

I zurio je u tamu s velikim ponosom.

Il était fier de la vie qu'il avait pu leur offrir.

Bio je ponosan na život koji im je mogao pružiti.

Il était fier du bel appartement qu'ils occupaient.

Bio je ponosan na prekrasan stan u kojem su živjeli.

Mais cette paix était-elle sur le point de connaître une fin tragique ?

Ali je li sav taj mir trebao doći do strašnog kraja?

Allait-on leur ravir leur prospérité ?

Hoće li im se oduzeti blagostanje?

Leur bonheur était-il désormais incertain pour l'avenir ?

Je li njihovo zadovoljstvo u budućnosti sada bilo neizvjesno?

Mais il ne voulait pas se perdre dans de telles pensées.

Ali nije se htio izgubiti u takvim mislima.

Pour s'occuper, il grimpait et descendait les murs.

Da bi se nečim zaokupio, puzao je gore-dolje po zidovima.

Durant cette longue soirée, une porte était entrouverte.

Tijekom duge večeri jedna su vrata bila lagano otvorena.

Et à un autre moment, l'autre porte s'ouvrit légèrement.

I u drugom trenutku druga vrata su se malo otvorila.

Mais à chaque fois, les portes se sont refermées aussitôt.

Ali oba puta vrata su se brzo ponovno zatvorila.

De toute évidence, quelqu'un à l'extérieur souhaitait entrer.

Očito je netko izvana imao želju ući.

Mais ils avaient aussi trop d'inquiétudes à l'idée de venir.

Ali imali su i previše briga oko dolaska.

Gregor s'arrêta alors net devant la porte du salon.

Gregor se sada zaustavio ravno na vratima dnevne sobe.

Il était déterminé à trouver un moyen de tenter le visiteur hésitant.

Bio je odlučan nekako privući oklijevajućeg posjetitelja.

Il voulait aussi savoir qui était le visiteur.

A također je htio znati tko je bio posjetitelj.

Mais ce soir-là, la porte ne fut pas ouverte une troisième fois.

Ali te večeri vrata se nisu otvorila treći put.

Et Gregor passa son temps à attendre en vain près de la porte.

I Gregor je uzalud provodio vrijeme čekajući kraj vrata.

Plus tôt dans la journée, ils avaient tous voulu entrer dans la pièce.

Ranije tog dana svi su htjeli ući u sobu.

Maintenant que les portes étaient déverrouillées, ce serait plus facile pour eux.

Sad kad su vrata bila otključana, bit će im lakše.

Mais ils ont choisi de rester de l'autre côté de la pièce.

Ali odlučili su ostati na drugoj strani sobe.

Gregor remarqua que les clés n'étaient plus dans leurs serrures.

Gregor je primijetio da ključevi više nisu u njihovim bravama.

Quelqu'un a dû déplacer les clés vers la serrure extérieure.

Netko je vjerojatno premjestio ključeve na vanjsku bravu.

Ce n'est que tard dans la nuit que la lumière du salon était éteinte.

Tek kasno navečer ugašeno je svjetlo u dnevnoj sobi.

La famille a dû rester éveillée tout ce temps.

Obitelj je vjerojatno cijelo vrijeme ostala budna.

Et Gregor pouvait clairement les entendre s'éloigner sur la pointe des pieds.

I Gregor ih je jasno čuo kako se udaljavaju na prstima.

Désormais, personne n'allait venir voir Gregor avant le lendemain matin.

Sada nitko neće doći Gregoru do jutra.

Il eut donc tout le temps d'être seul, de réfléchir en toute tranquillité.

Tako je imao puno vremena za sebe, da nesmetano razmišlja.

Quelle serait la meilleure façon de réorganiser sa vie maintenant ?

Koji bi bio najbolji način da mu se sada reorganizira život?
Mais les hauts murs de la pièce vide l'effrayaient.
Ali visoki zidovi prazne sobe su ga plašili.
Il n'avait pas d'autre choix que de s'allonger à plat ventre sur le sol.
Nije imao drugog izbora nego se spustiti na tlo.
Et il n'a jamais trouvé la cause de sa peur dans cet espace.
I nikada nije pronašao uzrok svog straha u tom prostoru.
C'était la même pièce où il avait vécu pendant cinq ans.
Bila je to ista soba u kojoj je živio pet godina.
Semi-consciemment, il fit un mouvement vers le canapé.
Polusvjesno je napravio pokret prema sofi.
Et sans aucune honte, il se cacha sous le canapé.
I bez imalo srama sakrio se pod sofu.
Là-bas, il se sentit immédiatement de nouveau très à l'aise.
Tamo dolje se odmah opet osjećao vrlo ugodno.
Bien que son dos soit un peu comprimé.
Unatoč činjenici da su mu leđa bila malo pritisnuta.
Il ne pouvait plus non plus lever la tête sous le canapé.
Više nije mogao ni podići glavu ispod sofe.
Mais même cela, il préférait éviter de se trouver dans un espace ouvert.
Ali čak je i to više volio nego biti na bilo kojem otvorenom prostoru.
Il regrettait toutefois que son corps soit si large.
Međutim, požalio je što mu je tijelo bilo tako široko.
Le canapé ne pouvait pas recouvrir entièrement son corps.
Sofa nije mogla u potpunosti prekriti cijelo njegovo tijelo.
Il est resté sous le canapé toute la nuit.
Ostao je ispod sofe cijelu noć.
Il passa la nuit à moitié endormi, troublé par sa faim.
Noć je proveo poluspavajući, uznemiren glađu.
Et le temps qu'il passait éveillé, il le consacrait soit à s'inquiéter, soit à espérer.
A vrijeme budnosti provodio je ili brinući se ili nadajući se.
Mais tous ses vagues espoirs menaient à la même conclusion.

Ali sve njegove nejasne nade vodile su istom zaključku.

Il n'avait d'autre choix que de rester silencieux pour le moment.

Nije imao drugog izbora nego da za trenutak šuti.

Il devait faire preuve de patience et de considération envers la famille.

Morao je pokazati strpljenje i obzir prema obitelji.

C'était le seul moyen de rendre ce désagrément supportable.

To je bio jedini način da se neugodnost učini podnošljivom.

Le désagrément qu'il imposait désormais à la famille.

Neugodnost koju je sada nametao obitelji.

Il n'a pas eu à attendre longtemps pour prouver sa compassion.

Nije morao dugo čekati da dokaže svoje suosjećanje.

Tôt le matin, sa sœur jeta un coup d'œil dans sa chambre.

Rano ujutro sestra je pogledala u njegovu sobu.

En réalité, c'était autant la nuit que le matin.

Iako je zapravo bila jednako noć koliko i jutro.

Elle était entièrement habillée et semblait éprouver de l'excitation.

Bila je potpuno odjevena i činilo se da pokazuje uzbuđenje.

La solidité de sa décision nouvellement prise pourrait être mise à l'épreuve.

Snaga njegove novodonesene odluke mogla bi biti testirana.

Elle ne l'a pas immédiatement repéré au premier coup d'œil.

Nije ga odmah pronašla na prvi pogled.

Il devait forcément être quelque part ; il n'aurait pas pu s'envoler.

Morao je negdje biti; nije mogao odletjeti.

Puis son regard parcourut une seconde fois la pièce.

Ali tada je njezin pogled još jednom prešao preko sobe.

Et cette fois, elle a aperçu son torse sous le canapé.

I ovaj put je uočila njegov torzo ispod sofe.

Elle était si effrayée qu'elle a perdu tout contrôle d'elle-même.

Bila je toliko uplašena da je izgubila svaku samokontrolu.

Et sa première réaction fut de claquer la porte à nouveau.

I njezina prva reakcija bila je da ponovno zalupi vrata.

Mais elle a aussi semblé immédiatement regretter son comportement.

Ali činilo se da je odmah požalila zbog svog ponašanja.

Aussitôt qu'elle eut claqué la porte, elle la rouvrit.

Čim je zalupila vratima, ponovno ih je otvorila.

Et cette fois, elle entra dans la pièce sur la pointe des pieds.

I ovaj put se nježno na prstima ušuljala u sobu.

Elle se déplaçait comme si elle rendait visite à une personne gravement malade.

Kretala se kao da posjećuje teško bolesnu osobu.

Ou bien elle rendait visite à un parfait inconnu.

Ili je možda bila u posjeti potpunom strancu.

Gregor poussa sa tête presque jusqu'au bord du canapé.

Gregor je gurnuo glavu gotovo do ruba sofe.

Et, caché sous le coffre-fort, il l'observait dans la pièce.

I ispod sefa ju je promatrao u sobi.

Allait-elle remarquer qu'il avait oublié le lait ?

Hoće li primijetiti da je ostavio mlijeko?

Il n'avait pas laissé le lait par manque de faim.

Nije ostavio mlijeko zato što nije bio gladan.

Allait-elle lui apporter un autre plat ?

Hoće li mu umjesto toga donijeti drugačiju hranu?

Peut-être un plat qui corresponde mieux à ses goûts.

Možda jelo koje je bolje odgovaralo njegovim preferencijama.

Mais elle aurait dû remarquer elle-même son appétit.

Ali morala je sama primijetiti njegov apetit.

Il aurait préféré mourir de faim plutôt que de lui en parler.

Radije bi umro od gladi nego da joj to pokaže.

En réalité, il aurait beaucoup aimé le lui dire.

Zapravo bi joj to jako volio reći.

Il était vraiment tenté de tirer sur lui depuis sous le canapé.

Bio je u stvarnom iskušenju da puca ispod sofe.

Il avait envie de se jeter aux pieds de sa sœur.

Htio se baciti sestri pred noge.

Et il voulait lui demander quelque chose de bon à manger.

I htio ju je zamoliti za nešto dobro za jelo.

Mais la sœur regarda alors le bol de lait.
Ali tada je sestra pogledala prema zdjeli mlijeka.
Elle remarqua aussitôt que le bol était encore plein.
Odmah je primijetila da je zdjela još uvijek puna.
Elle était plutôt surprise que Gregor n'ait rien mangé.
Bila je prilično iznenađena što Gregor nije ništa jeo.
Seul un peu de lait avait été renversé sur le sol.
Samo malo mlijeka bilo je proliveno po podu.
Elle a aussitôt ramassé le bol et l'a emporté.
Odmah je uzela zdjelu i iznijela je.
Il vit qu'elle ne ramassait pas le bol à mains nues.
Vidio je da nije podigla zdjelu golim rukama.
Au lieu de cela, elle ramassa le bol à l'aide d'un des chiffons.
Umjesto toga, podigla je zdjelu koristeći jednu od krpa.
Mais Gregor oublia très vite ce petit détail.
Ali Gregor je vrlo brzo zaboravio na taj manji detalj.
**Il était désormais beaucoup plus enthousiaste à propos
d'autre chose.**
Sada je bio puno više uzbuđen zbog nečeg drugog.
Qu'est-ce qu'elle pourrait apporter à la place du lait ?
Što bi mogla donijeti kao zamjenu za mlijeko?
Il avait diverses idées sur ce qu'elle pourrait apporter.
Imao je razne misli o tome što bi ona mogla donijeti.
Mais la gentillesse de sa sœur a dépassé ses espérances.
Ali sestrina ljubaznost nadmašila je njegova očekivanja.
Elle comprit qu'elle devait tester ses nouveaux goûts.
Shvatila je da mora isprobati kakav mu je novi ukus.
Elle a donc apporté toute une sélection de plats différents.
Tako je donijela cijeli izbor različite hrane.
Légumes à moitié pourris, os du repas du soir.
Polutrulo povrće, kosti od večere.
De la sauce solidifiée provenant de leur autre repas.
Stvrdnuti umak od prethodnog obroka koji su pojeli.
**Quelques raisins secs, des amandes, du pain sec, du pain
beurré.**
Nekoliko grožđica, malo badema, suhi kruh, kruh s maslacem.
Du pain beurré et salé.

Malo kruha koji je bio namazan maslacem i također posoljen.
Du fromage que Gregor avait déclaré immangeable il y a deux jours.
Sir koji je Gregor prije dva dana proglasio nejestivim.
Toute cette sélection de nourriture était disposée sur un journal.
Sav ovaj izbor hrane bio je stavljen na novine.
Elle a également placé un bol d'eau à côté de ses repas.
I stavila je zdjelu s vodom pokraj njegovih obroka.
Elle savait que Gregor n'aurait pas mangé devant elle.
Znala je da Gregor ne bi jeo pred njom.
Par respect pour lui, elle quitta de nouveau la pièce.
Stoga je iz poštovanja prema njemu ponovno napustila sobu.
Et elle a même tourné la clé dans la serrure en partant.
I čak je okrenula ključ u bravi dok je odlazila.
Mais elle tourna la clé très doucement et avec précaution.
Ali je okrenula ključ vrlo tiho i pažljivo.
De cette façon, seul Gregor saurait que la porte était verrouillée.
Na ovaj način samo bi Gregor znao da su vrata zaključana.
Il pouvait désormais s'installer aussi confortablement qu'il le souhaitait.
Sada se mogao udobno smjestiti koliko je želio.
Les jambes de Gregor s'agitaient frénétiquement à l'heure du repas.
Gregorove su noge zujale kad je došlo vrijeme za jelo.
Il est à noter qu'il ne ressentait plus aucune gêne.
Vrijedno je napomenuti da više nije osjećao nikakvu nelagodu.
Ses blessures doivent déjà être complètement guéries.
Njegove rane su već morale biti potpuno zacijeljene.
Parce qu'il ne ressentait plus ses anciens handicaps.
Jer više nije osjećao svoje prijašnje invaliditete.
Sa nouvelle capacité de guérison le surprit et l'émerveilla.
Njegova nova sposobnost liječenja iznenadila ga je i zadivila.
Il y a plus d'un mois, il s'est coupé le doigt avec un couteau.
Prije više od mjesec dana porezao je prst nožem.
Il y a encore deux jours, cette blessure le faisait souffrir.

Do prije dva dana ta ga je rana još uvijek boljela.

« Suis-je beaucoup moins sensible maintenant ? » pensa-t-il.

„Jesam li sada puno manje osjetljiv?" pomislio je u sebi.

À ce moment-là, il suçait déjà goulûment le fromage.

Do tada je već pohlepno sisao sir.

Il était plus attiré par le fromage que par les autres aliments.

Više ga je privlačio sir nego ostala hrana.

**Il mangeait rapidement un morceau de fromage après
l'autre.**

Brzo je jeo jedan komad sira za drugim.

Ses yeux s'embuèrent de satisfaction à la vue de ce goût.

Oči su mu se zasuzile od zadovoljstva kad je osjetio okus.

Après le fromage, il mangea les légumes et la sauce.

Nakon sira pojeo je povrće i umak.

Cependant, les aliments frais ne lui plaisaient pas.

Međutim, svježa hrana mu nije bila ukusna.

En fait, il ne supportait même pas l'odeur des aliments frais.

Zapravo, nije mogao podnijeti ni miris svježe hrane.

Il a même éloigné les autres aliments des aliments frais.

Čak je i drugu hranu odvukao od svježe hrane.

Et il a très vite terminé la nourriture la plus comestible.

I vrlo brzo je pojeo najjestiviju hranu.

Tous ces mets délicieux avaient un effet soporifique sur lui.

Sva ukusna hrana imala je na njega uspavljujući učinak.

Et il s'allongea paresseusement à l'endroit où il avait mangé.

I lijeno je ležao na mjestu gdje je jeo.

Finalement, sa sœur est revenue prendre de ses nouvelles.

Na kraju se njegova sestra vratila da ga ponovno provjeri.

Elle a eu la prévoyance de tourner la clé très lentement.

Imala je predviđanja da vrlo polako okrene ključ.

Cela a averti Gregor qu'il devait se retirer.

To je Gregoru dalo upozorenje da se treba povući.

Étourdi et surpris, il se précipita sous le canapé.

Ošamućen i prestrašen, požurio je natrag pod sofu.

Mais rester sous le canapé n'était pas si facile cette fois-ci.

Ali ostati ispod sofe ovaj put nije bilo tako lako.

Son corps s'était un peu arrondi à cause de toute cette nourriture.

Tijelo mu se malo zaoblilo od sve hrane.

Et il devait se retenir pour ne pas s'épuiser à nouveau.

I morao se kontrolirati da ponovno ne istrči.

Même si la sœur n'est pas restée longtemps dans la chambre.

Iako sestra nije dugo ostala u sobi.

Il avait du mal à respirer dans cet espace étroit.

Mučilo se disati u tom uskom prostoru.

Mais il a surmonté ces petites crises d'étouffement.

Ali progurao se kroz male napade gušenja.

Les yeux exorbités, il observait les agissements de sa sœur.

Ispuljenim očima promatrao je sestrine aktivnosti.

La sœur, sans se douter de rien, a tout versé dans un seau.

Ništa ne sluteća sestra je sve usula u kantu.

Elle s'est non seulement débarrassée de la nourriture que Gregor n'avait pas mangée, mais elle l'a fait.

Ne samo da se riješila hrane koju Gregor nije pojeo.

Mais elle jetait aussi la nourriture qu'il n'avait pas touchée.

Ali je također bacila hranu koju nije dotaknuo.

Apparemment, cet aliment n'était plus comestible pour personne.

Očito ta hrana više nije bila jestiva nikome.

Elle referma ensuite le seau à nourriture avec un couvercle en bois.

Zatim je zatvorila kantu s hranom drvenim poklopcem.

Et avec la nourriture, le seau et la serpillière, elle est partie.

I s hranom, kantom i krpom, otišla je.

Gregor n'aurait pas pu attendre beaucoup plus longtemps.

Gregor ne bi mogao još dugo čekati.

Dès qu'elle fut partie, il s'échappa de sous le canapé.

Čim je otišla, pobjegao je ispod sofe.

Il s'étira et souffla de soulagement.

I on se ispružio i zadihao od olakšanja.

C'est ainsi que Gregor recevait de la nourriture de temps à autre.

Tako je Gregor od sada s vremena na vrijeme dobivao hranu.

Sa sœur lui a donné à manger une fois, tôt le matin.

Sestra mu je jednom rano ujutro dala hranu.

À cette heure-ci, les parents et la bonne dormaient encore.

U ovom satu roditelji i sluškinja još su spavali.

Et il a reçu un deuxième repas après le déjeuner de tout le monde.

I drugi obrok je dobio nakon što su svi ručali.

Car à ce moment-là, les parents dormaient aussi un peu.

Jer su u to vrijeme i roditelji malo spavali.

Et la servante fut envoyée par la sœur faire une course.

A sluškinju je sestra poslala po nekom zadatku.

Ils n'avaient certainement aucune intention de laisser Gregor mourir de faim.

Sigurno nisu imali namjeru izgladnjivati Gregora.

Mais ils n'auraient pas voulu le regarder manger non plus.

Ali ni oni ga ne bi htjeli gledati kako jede.

Les informations fournies par la sœur étaient suffisantes.

Ono što je sestra spomenula bilo je dovoljno informacija.

C'était peut-être sa façon d'épargner aux parents leur chagrin.

Možda je to bio njezin način da roditeljima poštedi tugu.

Ils avaient déjà suffisamment souffert de ses actes.

Već su dovoljno patili zbog njegovih postupaka.

Le premier jour s'estompait peu à peu dans les mémoires.

Prvi dan je polako postajao daleka uspomena.

Gregor n'avait aucun moyen de savoir ce qui s'était passé ce jour-là.

Gregor nije imao načina da sazna što se dogodilo tog dana.

Comment le serrurier a-t-il été conduit hors de l'appartement ?

Kako je bravar izveden iz stana?

Quelles excuses ont finalement satisfait le médecin ?

Kojim je izgovorima liječnik konačno bio zadovoljan?

Il n'avait trouvé aucun moyen de se faire comprendre.

Nije pronašao način da se izrazi razumljivo.

Il n'a même pas réussi à communiquer avec sa sœur.

Nije uspio ni komunicirati sa sestrom.

Ils en conclurent donc qu'il ne pouvait pas les comprendre.

I zato su mislili da ih on ne može razumjeti.

C'est pourquoi aucun effort ne fut fait pour lui parler.

I stoga se nije uložio nikakav napor da se s njim razgovara.

Sa sœur venait dans sa chambre tous les matins et à midi.

Njegova sestra je dolazila u njegovu sobu svako jutro i za ručak.

Mais il devait se contenter d'entendre ses soupirs.

Ali morao se zadovoljiti slušanjem njezinih uzdaha.

Plus tard, elle s'est un peu plus habituée à la forme de Gregor.

Kasnije se ipak malo više navikla na Gregorovu figuru.

Et elle se sentait un peu plus libre de faire davantage de remarques.

I osjetila je malo više slobode da iznese više primjedbi.

(Même si elle ne s'y habituerait jamais complètement.)

(Iako se nikada neće potpuno naviknuti na njega.)

Et puis Gregor eut de nouveau l'impression qu'on lui parlait un peu plus.

A onda se Gregor opet osjećao malo više progovorenim.

Et il a perçu ce qu'il considérait comme des commentaires amicaux.

I uhvatio je ono što je doživio kao prijateljske komentare.

"Il a apprécié son repas aujourd'hui", ou "il a tout mangé".

"Danas je uživao u hrani" ili "pojeo je sve".

Mais cela n'arrivait que lorsqu'il avait fini de manger.

Ali to je bilo tek kad je pojeo svu svoju hranu.

Mais récemment, cela devenait de plus en plus rare.

Ali u posljednje vrijeme to je postajalo sve rjeđe i rjeđe.

« Il touchait à peine à sa nourriture », disait-elle plus souvent maintenant.

„Jedva da je dirao hranu“, govorila je sada češće.

Et il y avait une pointe de tristesse dans sa voix à chaque fois.

I svaki put se u njezinu glasu čula daška tuge.

Gregor ne pouvait entendre aucune autre nouvelle plus directement.
Gregor nije mogao izravnije čuti nikakve druge vijesti.
Mais il a entendu beaucoup de choses se dire dans les pièces voisines.
Ali je čuo mnogo vijesti iz susjednih soba.
Lorsqu'il a entendu des voix, il a couru vers la porte correspondante.
Kad je čuo glasove, potrčao je do odgovarajućih vrata.
Et il a plaqué tout son corps contre la porte pour entendre.
I pritisnuo je cijelo tijelo uz vrata da čuje.
Toutes les conversations le concernaient d'une manière ou d'une autre.
Svi razgovori su ga se na ovaj ili onaj način ticali.
Même lorsque le sujet semblait porter sur autre chose.
Čak i kada se činilo da je tema o nečem drugom.
Cette observation était particulièrement vraie au début.
Ovo zapažanje bilo je posebno istinito u ranim danima.
À chaque repas, ils répétaient la même discussion.
Tijekom svakog obroka ponavljali su istu raspravu.
Ils ne savaient toujours pas comment se comporter en sa présence.
Još uvijek nisu bili sigurni kako se ponašati u njegovoj blizini.
Mais le même sujet a également été abordé entre les repas.
Ali ista se tema raspravljala i između obroka.
Parce qu'il y avait toujours deux membres de la famille à la maison.
Jer su kod kuće uvijek bila dva člana obitelji.
Personne ne voulait rester seul à la maison.
Nitko nije htio ostati sam u kući.
Mais laisser l'appartement vide était également hors de question.
Ali ostaviti stan praznim također nije dolazilo u obzir.
La femme de ménage était la seule à ne pas être attachée à l'appartement.
Sobarica je bila jedina koja nije bila vezana za stan.
Elle avait déjà demandé à partir dès le premier jour.

Već je prvog dana zatražila da ode.
Elle s'est agenouillée et a supplié qu'on la renvoie.
Kleknula je i molila da je otpuste.
La famille ignorait l'étendue des connaissances de la bonne.
Obitelj nije znala koliko je sluškinja zapravo znala.
À ce stade, elle n'en avait pas vu plus que quiconque.
U toj fazi nije vidjela više od bilo koga drugog.
Ce qui s'était passé restait un mystère pour la famille.
Što se dogodilo, još uvijek je bila misterija za obitelj.
Mais un quart d'heure plus tard, elle fit ses adieux.
Ali četvrt sata kasnije oprostila se.
Et elle a remercié la famille, les larmes aux yeux.
I zahvalila je obitelji sa suzama u očima.
Mais en réalité, elle les remerciait de l'avoir libérée.
Ali zapravo im je zahvalila što su je pustili.
**Ils semblaient lui avoir témoigné la plus grande
bienveillance.**
Činilo se da su joj pokazali najveću ljubaznost.
Elle a même prêté serment, sans qu'on le lui demande.
Čak je i položila zakletvu, a da je to nitko nije tražio.
Elle a dit qu'elle ne dirait à personne ce qui s'était passé.
Rekla je da nikome neće reći što se dogodilo.
Désormais, la sœur devait cuisiner avec sa mère.
Sada je sestra morala kuhati zajedno s majkom.
Mais ce n'était pas vraiment un inconvénient majeur.
Ali ovo zapravo nije bila prevelika neugodnost.
**Parce que de toute façon, ils n'avaient presque rien mangé
tous les deux.**
Jer njih dvoje ionako gotovo ništa nisu jeli.
Gregor surprenait sans cesse la même conversation.
Gregor je iznova i iznova čuo isti razgovor.
L'un disait à l'autre qu'il devait manger davantage.
Jedna je osoba govorila drugoj da moraju više jesti.
**Mais cette personne n'a reçu aucune réponse de son
interlocuteur.**
Ali ta osoba nije dobila nikakav odgovor od te osobe.
« Merci, j'en ai assez », ou quelque chose de similaire.

"Hvala, imam dovoljno" ili nešto slično.
Peut-être qu'eux non plus ne buvaient plus rien.
Možda ni oni više nisu ništa pili.
Sa sœur demandait souvent à son père s'il voulait de la bière.
Sestra je često pitala oca želi li pivo.
Et elle a proposé chaleureusement d'aller chercher la bière elle-même.
I srdačno se ponudila da sama donese pivo.
Le père gardait toujours le silence à sa demande.
Otac je na njezin zahtjev uvijek šutio.
La sœur devait donc trouver un moyen de dissiper tout doute.
Stoga je sestra morala pronaći način da otkloni svaku sumnju.
Et elle a dit qu'elle enverrait la bonne chercher de la bière.
I rekla je da će poslati sluškinju po pivo.
Mais finalement, le père a dit un grand « non » retentissant.
Ali onda je otac konačno rekao veliko, odlučno: "ne".
Puis, on n'a plus évoqué le fait qu'il boive une bière.
Tada se tema o tome da pije pivo više nije spominjala.
Il avait déjà expliqué la situation financière auparavant.
Već je ranije objasnio financijsku situaciju.
En fait, il a évoqué les finances dès le premier jour.
Zapravo, spomenuo je financije već prvog dana.
Il leur a bien fait comprendre quelles étaient les perspectives.
Dobro ih je upoznao s izgledima.
Sa propre entreprise avait fait faillite il y a environ cinq ans.
Njegov vlastiti posao je propao prije otprilike pet godina.
De temps en temps, il se levait pour quitter la table.
S vremena na vrijeme ustajao je da ode od stola.
Et il se dirigea vers la caisse de son ancien commerce.
I otišao je do blagajne svog starog posla.
Il avait conservé la caisse enregistreuse par sentimentalisme.
Blagajnu je sačuvao iz sentimentalnosti.
Gregor l'entendit déverrouiller une serrure lourde et complexe.

Gregor ga je čuo kako otključava tešku i kompliciranu bravu.
Et il sortit des reçus et des livres de comptes de la caisse.
I izvadio je račune i knjige iz blagajne.
Après avoir pris les objets, il a refermé la caisse à clé.
Nakon što je uzeo predmete, ponovno je zaključao blagajnu.
Gregor n'avait entendu aucune bonne nouvelle depuis son emprisonnement.
Gregor nije čuo dobre vijesti otkako je bio u zatvoru.
Il pensait que l'entreprise avait ruiné son père.
Mislio je da je posao doveo njegovog oca do bankrota.
Le père avait certainement donné cette impression à Gregor.
Otac je svakako ostavio takav dojam na Gregora.
Et Gregor ne lui a plus jamais posé de questions sur les finances.
I Gregor ga nikad više nije pitao o financijama.
Gregor voulait faire tout son possible pour aider la famille.
Gregor je želio učiniti sve što je mogao kako bi pomogao obitelji.
Il voulait les aider à oublier leurs difficultés financières.
Htio im je pomoći da zaborave poslovnu nesreću.
La faillite qui a engendré un désespoir total.
Stečaj koji je donio potpunu beznadežnost.
Il s'est donc mis à travailler avec une passion toute particulière.
pa je počeo raditi s vrlo posebnom strašću.
Il était devenu représentant de commerce itinérant presque du jour au lendemain.
Gotovo preko noći postao je trgovački putnik.
Avant cela, il n'avait travaillé que comme commis mal payé.
Prije toga je radio samo kao slabo plaćen činovnik.
Il avait désormais des opportunités de gains complètement différentes.
Sada je imao potpuno drugačije mogućnosti zarade.
Les ventes réussies pouvaient être immédiatement converties en liquidités.
Uspješna prodaja mogla bi se odmah pretvoriti u gotovinu.
L'argent étant bien sûr versé sur ses commissions.

Novac se, naravno, isplaćuje od njegovih provizija.

Désormais, Gregor pouvait mettre de l'argent sur la table familiale.

Sada je Gregor mogao staviti novac na obiteljski stol.

Et ils étaient étonnés et ravis de ses gains.

I bili su zadivljeni i sretni zbog njegove zarade.

Mais ces beaux moments ne se reproduiront plus.

Ali ta lijepa vremena se neće ponoviti.

Ils commençaient tout juste à s'habituer à cette période faste.

Tek su se navikli na ova dobra vremena.

À chaque paie, la famille acceptait l'argent avec gratitude.

Obitelj je s zahvalnošću prihvaćala novac svakog dana isplate.

Et Gregor était tout aussi heureux de remettre l'argent.

I Gregor je jednako rado predao novac.

Mais la chaleureuse affection qu'elle suscitait en retour s'est peu à peu éteinte.

Ali topla naklonost pružena zauzvrat polako je nestala.

Seule sa sœur restait aussi proche de Gregor qu'auparavant.

Samo je njegova sestra ostala blizu Gregoru kao i prije.

Elle, contrairement à Gregor, avait une profonde appréciation pour la musique.

Ona je, za razliku od Gregora, duboko cijenila glazbu.

Et elle savait jouer du violon d'une manière très touchante.

I znala je vrlo dirljivo svirati violinu.

Gregor avait secrètement prévu de l'envoyer dans une école de musique.

Gregor je potajno planirao poslati je u glazbenu školu.

Il n'avait pas encore décidé comment il réglerait les dépenses.

Još nije odlučio kako će platiti troškove.

Mais d'une manière ou d'une autre, il couvrirait les frais.

Ali na ovaj ili onaj način će pokriti troškove.

De temps en temps, Gregor et sa famille partaient en courts séjours.

Povremeno su Gregor i obitelj išli na kratka putovanja.

Gregor et sa sœur abordaient souvent ce sujet.

Gregor i sestra često su spominjali tu temu.

Mais cela n'a jamais été évoqué que comme une idée merveilleuse.

Ali to je ikada spomenuto samo kao divna ideja.

Ils ne croyaient pas vraiment que ce rêve puisse se réaliser.

Nisu baš vjerovali da se san može ostvariti.

Et les parents n'appréciaient pas de telles ambitions fantaisistes.

A roditeljima se nisu sviđale takve maštovite ambicije.

Même lorsque le sujet a été abordé de manière tout à fait innocente.

Čak i kada je tema pokrenuta vrlo nevino.

Mais Gregor continuait de penser à l'école de musique.

Ali Gregor je nastavio razmišljati o glazbenoj školi.

Et il prévoyait d'annoncer le cadeau la veille de Noël.

I planirao je objaviti poklon na Badnjak.

Bien sûr, dans son état actuel, ce serait impossible.

Naravno, u njegovom trenutnom stanju to bi bilo nemoguće.

Mais ce genre de pensées lui traversait l'esprit.

Ali takve su mu misli prolazile kroz glavu.

Et telles étaient les pensées qui lui traversaient l'esprit en écoutant sa famille.

I imao je takve misli dok je slušao obitelj.

Parfois, il était trop fatigué pour continuer à les écouter.

Ponekad bi se previše umorio da bi ih nastavio slušati.

Sa tête s'est affaissée contre la porte, rongée par la fatigue.

Glava mu je od umora pala na vrata.

Mais il appuya aussitôt de nouveau sa tête contre la porte.

Ali odmah je ponovno naslonio glavu na vrata.

Car même le moindre bruit s'entendait à l'extérieur.

Jer se vani mogao čuti i najmanji šum.

Et le moindre bruit qu'il faisait plongeait la famille dans le silence.

I svaka buka koju bi napravio utišala bi obitelj.

« Que fait-il maintenant ? » demanda le père à sa famille.

„Što on sada radi?" upitao je otac obitelj.

Il alla à la porte pour vérifier d'où venait le bruit.

I otišao je do vrata da provjeri o kakvoj se buki radi.

Puis la conversation interrompue a repris progressivement.
A onda se prekinuti razgovor postupno nastavio.
Mais les paroles du père ont agréablement surpris tout le monde.
Ali ono što je otac rekao pozitivno je iznenadilo sve.
Gregor apprit alors la véritable situation financière.
Gregor je sada saznao pravo financijsko stanje.
Malgré tous ces malheurs, il y a eu aussi un peu de chance.
Unatoč svim nesrećama, bilo je i sreće.
Une petite fortune d'antan était encore là.
Vrlo malo bogatstvo iz starih dana još je uvijek bilo tamo.
Le père a expliqué les choses, mais a dû se répéter.
Otac je objasnio stvari, ali je morao ponoviti.
Parce qu'il ne s'était pas occupé de ces choses depuis un certain temps.
Jer se tim stvarima nije bavio već neko vrijeme.
Et parce que la mère ne comprenait pas de telles choses.
I zato što majka nije razumjela takve stvari.
Les taux d'intérêt de la banque avaient légèrement augmenté.
Kamatne stope u banci su malo porasle.
L'argent non utilisé avait augmenté plus que prévu.
Netaknuti novac se povećao više nego što se očekivalo.
De plus, Gregor leur avait toujours donné ses économies.
Osim toga, Gregor im je uvijek davao svoju ušteđevinu.
Il n'avait jamais gardé que quelques florins pour lui-même.
Za sebe je zadržao samo nekoliko guldena.
Et son argent n'avait pas été entièrement dépensé.
A ni njegov novac nije bio potpuno potrošen.
Ensemble, ces sommes avaient constitué un petit capital.
Zajedno se taj novac akumulirao u mali kapital.
Gregor, derrière sa porte, hocha la tête avec enthousiasme à la nouvelle.
Gregor, iza svojih vrata, nestrpljivo je kimnuo glavom na vijesti.
Il était ravi de cette prudence et de cette frugalité inattendues.

Bio je zadovoljan ovom neočekivanom opreznošću i štedljivošću.

Les fonds excédentaires auraient pu servir à rembourser la dette.

Višak sredstava mogao se iskoristiti za otplatu duga.

Ils n'auraient alors plus rien dû au patron.

Tada više ne bi bili dužni šefu ništa.

Et Gregor aurait pu changer d'emploi bien plus tôt.

A Gregor je mogao puno ranije prijeći na novi posao.

Mais la façon dont le père s'y était pris était bien meilleure maintenant.

Ali način na koji je otac to uredio sada je bio puno bolji.

L'argent ne suffisait pas tout à fait pour vivre des intérêts.

Novac nije bio sasvim dovoljan za život od kamata.

Et il a fallu mettre de l'argent de côté pour les urgences.

I nešto novca je trebalo izdvojiti za hitne slučajeve.

Cela n'aurait suffi que pour un an ou deux.

To bi bilo dovoljno novca samo za godinu ili dvije.

Cela signifiait que quelqu'un devait gagner de l'argent pour qu'ils puissent vivre.

To je značilo da netko mora zaraditi novac za njihov život.

Le père n'était pas malade et il était assez fort.

Otac nije bio bolestan i bio je dovoljno snažan.

Mais il était sans emploi depuis plus de cinq ans.

Ali bio je bez posla više od pet godina.

Et, du fait de son âge, il lui restait peu de confiance en lui.

I, zbog godina, imao je malo samopouzdanja.

Il avait également pris beaucoup de poids ces derniers temps.

Također je u posljednje vrijeme dosta dobio na težini.

Sa vie avait toujours été ardue et infructueuse.

Njegov život je oduvijek bio težak i neuspješan.

Et c'étaient les premières vacances qu'il ait jamais prises.

I ovo je bio prvi odmor koji je ikada imao.

Et, faute d'être occupé, il était devenu assez maladroit.

A budući da nije bio zauzet, postao je prilično nespretan.

Ne serait-il pas préférable que la vieille mère gagne l'argent ?

Bi li bilo bolje da je stara majka zaradila novac?

La vieille mère qui souffrait d'asthme.

Stara majka koja je bolovala od astme.

La vieille mère qui peinait à monter les escaliers.

Stara majka koja se mučila penjati uz stepenice.

La vieille mère qui passait son temps allongée sur le canapé.

Stara majka koja je provodila vrijeme ležeći na sofi.

La vieille mère qui préférait rester près de la fenêtre.

Stara majka koja je radije sjedila kraj prozora.

Pour qu'elle puisse reprendre son souffle quand elle en aurait besoin.

Kako bi mogla doći do daha kad joj zatreba.

Ne serait-il pas préférable que ce soit la jeune sœur qui gagne l'argent ?

Bi li bilo bolje da mlada sestra zaradi novac?

La sœur, qui à dix-sept ans n'était encore qu'une enfant.

Sestra, koja je sa sedamnaest godina još bila samo dijete.

La sœur qui ne connaissait que quelques modestes plaisirs.

Sestra koja je imala samo nekoliko skromnih zadovoljstava.

La sœur qui aimait surtout jouer du violon.

Sestra koja je uglavnom uživala svirati violinu.

Elle savait que son mode de vie antérieur était très enviable ;

Znala je da joj je prijašnji način života bio vrlo zavidan;

Bien s'habiller, faire la grasse matinée, aider à la maison.

Lijepo se odijevati, kasno se buditi, pomagati u kući.

La conversation tournait souvent autour de la nécessité de gagner de l'argent.

Razgovor se često vrtio oko potrebe za zarađivanjem novca.

Gregor était toujours le premier à lâcher la porte.

Gregor je uvijek prvi puštao vrata.

Cette conversation l'avait rempli de honte et de chagrin.

Razgovor ga je ispunio sramom i tugom.

Il se laissa donc tomber sur le canapé en cuir qui refroidissait.

Zato se bacio na hladeću kožnu sofu.

Et il passait souvent le reste de la nuit sur le canapé.
I često je ostatak noći provodio na sofi.
Il ne dormait jamais vraiment sur le canapé, ni la nuit.
Nikad nije stvarno spavao na sofi, niti noću.
Souvent, il se contentait de gratter le cuir pendant des heures.
Često je satima samo grebao kožu.
D'autres fois, il poussait le fauteuil jusqu'à la fenêtre.
Drugi put je gurnuo fotelju do prozora.
Cela a nécessité à lui seul beaucoup d'efforts de sa part.
Samo to je zahtijevalo mnogo truda s njegove strane.
Le fauteuil l'a aidé à ramper jusqu'au rebord de la fenêtre.
Fotelja mu je pomogla da se popne na prozorsku dasku.
Et de là, il put s'appuyer contre la fenêtre.
I odatle se mogao nasloniti na prozor.
Il éprouvait un grand sentiment de liberté en faisant cela.
Osjećao je veliku slobodu radeći to.
Peut-être recherchait-il une sensation de liberté d'antan.
Možda je tražio neki stari oslobađajući osjećaj.
Mais sa vue n'était plus aussi perçante qu'avant.
Ali njegov vid nije bio tako oštar kao prije.
Les objets situés à une certaine distance étaient flous et indistincts.
Stvari na maloj udaljenosti bile su mutne i nejasne.
Il ne pouvait plus voir l'hôpital de l'autre côté de la rue.
Više nije mogao vidjeti bolnicu s druge strane ceste.
Avant, il maudissait le paysage, maintenant il voulait le voir.
Prije je proklinjao pogled, sada ga je želio vidjeti.
Il savait qu'il habitait dans la paisible Charlottenstrasse, en pleine ville.
Znao je da živi u mirnoj, urbanoj Charlottenstrasse.
Mais il a peut-être cru qu'il regardait vers le désert.
Ali možda je mislio da gleda u pustinju.
Un désert où le ciel gris et la terre grise se confondaient.
Pustoš gdje su se spajali sivo nebo i siva zemlja.
La sœur attentive remarqua à deux reprises que la chaise avait bougé.

Pažljiva sestra je dva puta primijetila da se stolica pomaknula.
Après avoir rangé, elle a repoussé la chaise vers la fenêtre.
Nakon što je pospremila, gurnula je stolicu natrag do prozora.
Et désormais, elle laissait même la fenêtre ouverte.
I od sada je čak ostavljala prozorsko krilo otvoreno.
Gregor aurait vraiment souhaité pouvoir parler à sa sœur.
Gregor je istinski želio da je mogao razgovarati sa svojom
sestrom.
Il voulait la remercier pour tout ce qu'elle avait fait pour lui.
Htio joj je zahvaliti za sve što je učinila za njega.
Il aurait alors plus facilement toléré leurs services.
Tada bi lakše podnio njihove usluge.
Mais en l'état actuel des choses, il souffrait de son aide.
Ali kako je bilo, patio je zbog njezine pomoći.
La sœur, bien sûr, a tenté de dissimuler la gêne.
Sestra je, naravno, pokušala prikriti neugodu.
**Et elle faisait de son mieux pour feindre de ne pas se sentir
accablée.**
I davala je sve od sebe da se pretvara da se ne osjeća
opterećeno.
**Bien sûr, c'est quelque chose qu'elle devait d'abord
pratiquer.**
Naravno, ovo je nešto što je prvo morala uvježbati.
Et plus le temps passait, plus elle devenait douée.
I što je više vremena prolazilo, to je postajala bolja u tome.
**Mais Gregor eut également plus de temps pour constater sa
supercherie.**
Ali Gregor je također dobio više vremena da vidi njezino
pretvaranje.
**Même son entrée dans sa chambre était une épreuve pour
lui.**
Čak je i njezin ulazak u njegovu sobu bio za njega muka.
**Dès qu'elle est entrée, elle a couru directement vers la
fenêtre.**
Čim je ušla, odmah je potrčala do prozora.
Elle n'a même pas pris le temps de fermer la porte.
Nije čak ni odvojila vrijeme da zatvori vrata.

Normalement, elle épargnait à tout le monde la vue de la chambre de Gregor.

Obično je svima poštedjela pogleda na Gregorovu sobu.

Et elle ouvrit brusquement la fenêtre d'un geste rapide.

I žurnim rukama je naglo otvorila prozor.

Puis elle reprit sa respiration comme si elle avait suffoqué.

Zatim je ponovno disala kao da se gušila.

L'air qui entrait était froid, et elle respira profondément.

Zrak koji je ulazio bio je hladan, pa je duboko udahnula.

Mais elle resta néanmoins un moment près de la fenêtre.

Ali ipak je neko vrijeme ostala kraj prozora.

Elle effrayait Gregor deux fois par jour avec ce rituel.

Dvaput dnevno je plašila Gregora tom rutinom.

Pendant qu'elle était dans la pièce, il tremblait sous le canapé.

Dok je ona bila u sobi, on se tresao ispod sofe.

Il savait qu'elle aurait aimé lui épargner cette épreuve.

Znao je da bi ga ona voljela poštedjeti te muke.

Mais elle ne pouvait pas rester dans la pièce avec la fenêtre fermée.

Ali nije mogla biti u sobi sa zatvorenim prozorom.

Il y a eu une fois où elle est arrivée un peu plus tôt.

Jednom je došla malo ranije.

Probablement environ un mois après la transformation de Gregor.

Vjerojatno oko mjesec dana nakon Gregorove transformacije.

Elle s'était plus ou moins habituée à sa nouvelle apparence.

Donekle se navikla na njegov novi izgled.

Elle n'avait donc plus aucune raison d'être particulièrement choquée.

Dakle, više nije imala razloga za posebno šokiranje.

Elle le trouva toujours immobile, le regard fixé par la fenêtre.

Zatekla ga je kako još uvijek nepomično zuri kroz prozor.

Il se trouvait dans le pire endroit où il aurait pu être.

Bio je na najstrašnijem mjestu na kojem je mogao biti.

Il n'aurait pas été surpris si elle n'était pas entrée.

Ne bi se iznenadio da nije ušla.
Il l'empêcha d'ouvrir la fenêtre.
Gdje ju je spriječio da otvori prozor.
Elle quitta rapidement la pièce et ferma la porte.
Brzo je ponovno izašla iz sobe i zatvorila vrata.
Un étranger aurait pu tirer toutes sortes de conclusions.
Stranac je mogao doći do svakakvih zaključaka.
Peut-être attendait-il simplement l'occasion de la mordre.
Možda je samo čekao priliku da je ugrize.
Gregor, bien sûr, s'est immédiatement caché sous le canapé.
Gregor se, naravno, odmah sakrio pod sofu.
Mais il dut attendre midi pour que sa sœur revienne.
Ali morao je čekati do podneva da mu se sestra vrati.
Et elle semblait beaucoup plus agitée que d'habitude.
I činila se mnogo nemirnijom nego inače.
Il réalisa que sa vue lui était encore insupportable.
Shvatio je da mu je prizor na njega još uvijek nepodnošljiv.
Sa vue allait lui rester insupportable.
Pogled na njega ostat će joj nepodnošljiv.
**Elle ne pouvait probablement pas supporter de le voir,
même partiellement.**
Vjerojatno ne bi mogla podnijeti vidjeti nijedan dio njega.
Une petite partie dépassait toujours de sous le canapé.
Mali dio je uvijek virio ispod kauča.
Un jour, il transporta un drap sur son dos jusqu'au canapé.
Jednog dana je na leđima do sofe nosio plahtu.
Il voulait lui épargner de voir quoi que ce soit de lui.
Htio ju je poštedjeti da vidi bilo koji dio njega.
Il arrangea le drap de façon à ce qu'il soit entièrement caché.
Namjestio je plahtu tako da je cijeli bio skriven.
Même si elle se baissait, elle ne pourrait pas le voir.
Čak i da se sagne, ne bi ga mogla vidjeti.
L'opération a pris à Gregor plus de trois heures.
Cijeli pothvat je Gregoru trajao više od tri sata.
Elle a peut-être pensé que le drap était inutile.
Možda je mislila da plahta nije potrebna.
Elle aurait su qu'il ne voulait pas du drap.

Znala bi da on ne želi plahtu.

Il le faisait pour son confort, et non pour lui-même.

Radio je to za njezinu udobnost, a ne za sebe.

Et elle aurait pu enlever le drap si elle l'avait voulu.

I mogla je skinuti plahtu da je htjela.

Mais elle laissa le drap là où Gregor l'avait mis.

Ali ostavila je plahtu tamo gdje ju je Gregor stavio.

Et Gregor crut même avoir aperçu un regard reconnaissant.

A Gregor je čak pomislio da je uhvatio zahvalan pogled.

Il avait doucement soulevé le drap avec sa tête.

Nježno je glavom podigao plahtu.

Il voulait savoir si sa sœur appréciait cet arrangement.

Htio je vidjeti sviđa li se njegovoj sestri dogovor.

Les deux premières semaines ont été les plus difficiles pour les parents.

Prva dva tjedna bila su najteža za roditelje.

Ils n'ont pas eu le courage d'entrer et de le voir.

Nisu se mogli natjerati da uđu i vide ga.

Il a surpris plusieurs de leurs conversations à cette époque.

U to je vrijeme čuo mnoge njihove razgovore.

Ils ont pleinement reconnu tout ce que faisait la sœur.

U potpunosti su priznali sve što je sestra radila.

Même s'ils étaient souvent agacés par elle.

Iako su se često znali ljutiti na nju.

Parce qu'elle semblait être une fille un peu inutile.

Jer se činila pomalo beskorisnom djevojkom.

C'étaient maintenant eux qui attendaient de l'autre côté de la pièce.

Sada su oni čekali s druge strane sobe.

Et c'est elle qui est entrée dans la pièce pour tout faire.

I ona je bila ta koja je ušla u sobu da sve obavi.

Dès qu'elle est sortie, ils ont voulu tout savoir.

Čim je izašla, htjeli su sve znati.

Elle a dû leur décrire précisément l'aspect de la pièce.

Morala im je točno reći kako soba izgleda.

« Qu'est-ce que Gregor a mangé ? Comment s'est-il comporté cette fois-ci ? »

"Što je Gregor jeo? Kako se ovaj put ponašao?"

«Y avait-il peut-être une légère amélioration à constater ?»

"Je li se možda primijetilo neko blago poboljšanje?"

La mère, d'ailleurs, était en réalité plus courageuse.

Majka je, usput rečeno, zapravo bila hrabrija.

Et bien sûr, c'était son propre fils qui se trouvait dans la pièce.

I naravno, u sobi je bio njezin vlastiti sin.

Elle souhaitait en fait rendre visite à Gregor assez rapidement.

Zapravo je htjela relativno brzo posjetiti Gregora.

Mais au départ, son père et sa sœur l'ont retenue.

Ali otac i sestra su je isprva sputavali.

Ils ont avancé des arguments très rationnels pour qu'elle n'y aille pas.

Iznijeli su vrlo racionalne argumente protiv toga da ne ide.

Gregor écouta très attentivement leur raisonnement.

Gregor je vrlo pažljivo slušao njihovo razmišljanje.

Et il acceptait ce raisonnement autant que sa mère.

I prihvatio je obrazloženje koliko i njegova majka.

Plus tard, cependant, il a fallu la retenir par la force.

Kasnije su je, međutim, morali zadržavati silom.

«Laissez-moi entrer voir Gregor, c'est mon malheureux fils !»

"Pusti me unutra Gregoru, on je moj nesretni sin!"

« Tu ne comprends pas que je dois aller le voir ? »

"Zar ne razumiješ da moram ići k njemu?"

Gregor fut également convaincu par les arguments de sa mère.

Gregora su uvjerili i majčini argumenti.

Peut-être avait-elle raison ; ce serait bien qu'elle vienne.

Možda je bila u pravu; bilo bi dobro da uđe.

Le voir tous les jours serait beaucoup trop lourd.

Dolaziti ga posjećivati svaki dan bilo bi previše.

Mais le voir une fois par semaine suffirait peut-être.

Ali viđati ga možda jednom tjedno bi moglo biti dovoljno.

Elle pourrait comprendre les choses bien mieux que sa sœur.
Možda ona puno bolje razumije stvari od sestre.
Malgré tout son courage, elle n'était encore qu'une enfant.
Unatoč svoj svojoj hrabrosti, bila je još samo dijete.
Peut-être une insouciance enfantine l'a-t-elle poussée à entreprendre cette tâche.
Možda ju je djetinjasta nepromišljenost natjerala da preuzme zadatak.
Mais le souhait de Gregor de revoir sa mère se réalisa bientôt.
Ali Gregorova želja da vidi majku ubrzo se ostvarila.
Durant la journée, Gregor se tenait à l'écart de la fenêtre.
Danju se Gregor klonio prozora.
Il a agi ainsi par égard pour ses parents.
To je učinio iz obzira prema roditeljima.
Il n'avait pas beaucoup de place pour ramper sur le sol.
Nije imao puno mjesta za puzanje po podu.
Il avait du mal à rester immobile pendant la nuit.
Bilo mu je teško mirno ležati tijekom noći.
Manger ne lui procurait plus le moindre plaisir.
Jedenje mu više nije pružalo ni najmanje zadovoljstvo.
Bien sûr, il devait trouver un moyen de se distraire.
Naravno da je morao pronaći neki način da se odvrati.
Pour se divertir, il grimpait et descendait les murs.
Da bi se zabavio, puzao je gore-dolje po zidovima.
Et il rampait aussi le long du plafond, la tête en bas.
I puzao je po stropu, naopako.
Il était particulièrement heureux lorsqu'il était suspendu au plafond.
Bio je posebno sretan kad je visio sa stropa.
C'était complètement différent de s'allonger par terre.
Bilo je potpuno drugačije nego ležati na podu.
Il trouvait qu'il respirait beaucoup plus facilement dans cette position.
U tom položaju mu je bilo puno lakše disati.
Une légère mais agréable vibration parcourut son corps.
Lagana, ali ugodna vibracija prošla mu je tijelom.

Parfois, il se laissait même trop aller à son bonheur.

Ponekad se čak previše opustio u svojoj sreći.

Il lui arrivait d'être distrait et de lâcher prise du plafond.

Ponekad bi se omeo i pustio bi strop.

Et à sa propre surprise, il atterrit de nouveau sur le sol.

I na vlastito iznenađenje, sletio je natrag na tlo.

Mais il maîtrisait bien mieux son corps qu'auparavant.

Ali je imao puno bolju kontrolu nad svojim tijelom nego prije.

Ainsi, il ne se blessait plus lors de chutes aussi importantes.

Dakle, sada se nije ozlijedio od tako velikih padova.

Sa sœur remarqua immédiatement le nouveau plaisir de Gregor.

Sestra je odmah primijetila Gregorovo novo zadovoljstvo.

Et on retrouvait des traces de colle là où il avait rampé.

I bilo je tragova ljepila tamo gdje je puzao.

Là encore, la sœur pensa au bien-être de Gregor.

I ovdje je sestra ponovno razmišljala o Gregorovom zdravlju.

Il apprécierait peut-être d'avoir plus d'espace pour ramper.

Možda bi cijenio više prostora za puzanje.

Et l'idée s'est fermement ancrée dans son esprit.

I ideja se čvrsto učvrstila u njezinoj glavi.

Certains meubles volumineux entravaient sa liberté de mouvement.

Dio velikog namještaja sprječavao mu je slobodno kretanje.

Il ne travaillait plus, il n'avait donc plus besoin du bureau.

Više nije radio, pa mu stol nije bio potreban.

Et la boîte prenait plus de place que nécessaire. ***

I kutija je zauzimala više prostora nego što je trebalo. ***

La sœur n'était pas en mesure de déplacer ces choses seule.

Sestra nije bila u stanju sama premjestiti te stvari.

Bien sûr, elle n'osait pas demander de l'aide à son père.

Naravno da se nije usudila tražiti pomoć od oca.

La bonne ne l'aurait certainement pas aidée non plus.

Ni sluškinja joj sigurno ne bi pomogla.

La nouvelle femme de ménage était en réalité un an plus jeune qu'elle.

Nova sobarica je zapravo bila godinu dana mlađa od nje.

Elle avait courageusement endossé le rôle de l'ancienne bonne.

Hrabro je preuzela ulogu bivše sobarice.

Mais il y avait un privilège auquel elle tenait absolument.

Ali postojala je jedna privilegija koju je inzistirala imati.

Elle voulait que la cuisine reste verrouillée en permanence.

Željela je da kuhinja bude stalno zaključana.

La sœur n'avait donc pas d'autre choix que de demander à sa mère.

Dakle, sestra nije imala drugog izbora nego pitati majku.

La mère est venue à son secours en poussant des cris de joie.

S uzvicima uzbuđene radosti majka je priskočila u pomoć.

Mais elle se tut devant la porte de la chambre de Gregor.

Ali je zašutjela na vratima Gregorove sobe.

La sœur a vérifié que tout était en ordre dans la chambre.

Sestra je provjerila je li sve u sobi u redu.

Gregor avait tiré précipitamment encore plus fort sur le drap.

Gregor je brzo još čvršće zategnuo plahtu.

Bien que le drap-housse paraisse encore disposé au hasard.

Iako je plahta i dalje izgledala nasumično složena.

Et ce n'est qu'alors qu'elle laissa sa mère entrer dans la pièce.

I tek tada je pustila majku u sobu.

Gregor s'abstint également d'espionner sous le drap.

Gregor se također suzdržao od špijuniranja ispod plahte.

Il a décidé de ne pas voir sa mère cette fois-ci.

Odlučio je ovaj put odustati od susreta s majkom.

Gregor était déjà content qu'elle soit venue.

Gregor je bio dovoljno sretan što je uopće ušla.

«Entrez, vous ne pouvez pas le voir», dit la sœur.

„Uđi, ne možeš ga vidjeti", rekla je sestra.

Gregor supposa qu'elle tenait sa mère par la main.

Gregor je pretpostavio da ona vodi majku za ruku.

Puis il entendit les deux femmes, faibles, déplacer les meubles.

Tada je čuo dvije slabe žene kako pomiču namještaj.

La sœur semblait s'attribuer la majeure partie du travail.

Činilo se da je sestra većinu posla preuzela za sebe.

Sa mère craignait qu'elle ne s'épuise.

Majka se bojala da će se previše naprezati.

Mais la sœur n'a prêté aucune attention à ces avertissements.

Ali sestra nije obraćala pažnju na ta upozorenja.

Mais même après quinze minutes, les progrès étaient très lents.

Ali čak i nakon petnaest minuta napredak je bio vrlo spor.

Ils n'avaient pas réussi à déplacer les meubles très loin.

Nisu uspjeli pomaknuti namještaj daleko.

Ils commençaient lentement à ressentir un sentiment de défaite.

Polako su počeli osjećati poraz.

La mère fut la première à reconnaître l'inutilité de la démarche.

Majka je prva priznala uzaludnost.

« Il vaudrait peut-être mieux laisser la boîte ici. »

"Možda bi bilo bolje ostaviti kutiju ovdje."

« Le carton est trop lourd pour que nous puissions le déplacer plus loin. »

"Kutija je preteška da bismo se mogli pomaknuti puno dalje."

« Et nous n'aurons pas terminé avant l'arrivée de votre père. »

"I nećemo završiti prije nego što stigne tvoj otac."

« Laisser la boîte ici lui barrerait encore plus le passage. »

„Ostavljanje kutije ovdje još bi mu više zapriječilo put.“

« Et pouvons-nous être sûrs de lui rendre service ? »

"I možemo li biti sigurni da mu činimo uslugu?"

Ils commencèrent à penser que le contraire pourrait bien être vrai.

Počeli su misliti da bi suprotno moglo biti istina.

La vue du mur vide lui pesait lourdement sur le cœur.

Pogled na prazan zid teško joj je stegnuo srce.

Qui nous dit que Gregor ne ressentirait pas la même chose ?

Što kažeš da se i Gregor ne bi tako osjećao?

«Il est déjà habitué aux meubles de sa chambre.»

"Već se navikao na namještaj u svojoj sobi."

«Il pourrait se sentir encore plus abandonné dans une pièce vide.»

"U praznoj sobi bi se mogao osjećati još napuštenije."

À ce moment-là, sa voix s'était presque réduite à un murmure.

Do sada joj se glas gotovo snizio do šapta.

Elle ignorait en réalité où se trouvait exactement Gregor.

Zapravo nije znala gdje se Gregor točno nalazi.

Elle ne voulait même pas qu'il entende sa voix.

Nije htjela da on čak ni čuje zvuk njezina glasa.

Bien qu'elle fût certaine qu'il ne la comprenait pas.

Iako je bila sigurna da je ne razumije.

« N'aurait-on pas l'impression de l'avoir complètement abandonné ? »

"Ne bi li se činilo kao da smo potpuno odustali od njega?"

«N'aura-t-il pas l'impression qu'on le laisse se débrouiller seul ?»

"Neće li se osjećati kao da ga ostavljamo da se sam snalazi?"

«Nous devrions laisser la pièce exactement comme elle était.»

"Trebali bismo ostaviti sobu točno onakvu kakva je bila."

« Gregor finira par nous revenir comme avant. »

"Na kraju će nam se Gregor vratiti kakav je bio."

«Alors il constatera que tout est encore à sa place.»

"Tada će otkriti da je sve još uvijek na svom mjestu."

« Et il oubliera beaucoup plus facilement la période intermédiaire. »

"I puno će lakše zaboraviti prijelazno razdoblje."

En entendant ces mots, Gregor réalisa quelque chose.

Kad je Gregor čuo te riječi, shvatio je nešto.

Son esprit était devenu confus au cours des deux derniers mois.

Njegov um se zbunio tijekom posljednja dva mjeseca.

Le manque d'interactions humaines ne lui avait pas fait de bien.

Nedostatak ljudske interakcije nije mu išao u prilog.

Il avait vraiment besoin de la vie monotone au sein de sa famille.

Zaista mu je bio potreban monoton život usred obitelji.

Pourquoi aurait-il formulé une demande aussi absurde autrement ?

Zašto bi inače postavio tako besmislen zahtjev?

Quel sens pouvait-il y avoir à vider sa chambre ?

Kakvog je smisla uopće bilo pražnjenje njegove sobe?

La chambre confortable est meublée de meubles hérités.

Udobna soba namještena naslijeđenim namještajem.

Pourquoi voudrait-il transformer cette chaleur familière en une grotte ?

Zašto bi htio pretvoriti ovu poznatu toplinu u pećinu?

Une grotte où il pouvait ramper en toute tranquillité dans toutes les directions.

Špilja u kojoj je mogao mirno puzati na sve strane.

Mais une grotte où il oublia rapidement son passé humain.

Ali pećina u kojoj je brzo zaboravio svoju ljudsku prošlost.

Il se demandait s'il était déjà sur le point d'oublier.

Morao se pitati je li već blizu zaborava.

La voix de sa mère l'avait secoué et lui avait fait se souvenir.

Majčin glas ga je protresao i probudio sjećanje.

La voix qu'il n'avait pas entendue depuis si longtemps.

Glas koji nije čuo tako dugo.

Il ne fallait rien enlever ; tout devait rester.

Ništa se nije smjelo ukloniti; sve je moralo ostati.

Le mobilier a eu un effet positif sur son état.

Namještaj je pozitivno utjecao na njegovo stanje.

Et il ne pouvait pas s'en sortir sans ce lien avec le passé.

I nije se mogao snaći bez ovog sidra u prošlosti.

Les meubles l'empêchaient de ramper sans but.

Namještaj je sprječavao njegovo besmisleno puzanje uokolo.

Mais ce n'était pas une perte ; c'était au contraire un grand avantage.

Ali to nije bio gubitak; naprotiv, bila je to velika prednost.

Malheureusement, sa sœur avait un avis très différent.

Nažalost, sestra je imala sasvim drugačije mišljenje.

Elle était en quelque sorte devenue la porte-parole de Gregor.

Donekle je postala Gregorova glasnogovornica.

Bien sûr, son opinion n'était pas totalement injustifiée.

Naravno, njezino mišljenje nije bilo sasvim neopravdano.

Mais l'opinion de sa mère devait être contredite ici.

Ali mišljenje njezine majke ovdje se moralo osporiti.

Il ne s'agissait plus seulement d'enlever la boîte.

Nije samo kutija sada trebala biti uklonjena.

Son bureau et son armoire ne pouvaient pas rester en place non plus.

Njegov stol i ormar također nisu mogli ostati.

La seule chose indispensable était le canapé.

Jedino što je bilo neizostavno bila je sofa.

Elle n'a pas pris cette décision par simple rébellion enfantine.

Nije to odlučila samo iz dječjeg prkosa.

Ce n'était pas non plus sa confiance en soi récemment acquise.

Nije to bilo ni njezino nedavno stečeno samopouzdanje.

La nouvelle confiance qu'elle avait acquise lui a permis de travailler si dur pour gagner.

Novo samopouzdanje za koje se morala toliko truditi da ga osvoji.

Même si personne ne s'attendait à ce qu'elle y parvienne.

Iako nitko nije očekivao da će to moći učiniti.

Gregor avait vraiment besoin de beaucoup d'espace pour ramper.

Gregoru je zaista trebalo puno prostora za puzanje.

Le mobilier ne faisait que réduire l'espace dont il disposait.

Namještaj je samo ograničavao prostor koji mu je bio na raspolaganju.

Elle était capable de mieux voir ces choses que sa mère.

Ona je te stvari mogla vidjeti bolje od majke.

Mais peut-être que son esprit romantique a aussi joué un rôle.

Ali možda je i njezin romantični duh odigrao ulogu.

Les filles de cet âge acquièrent souvent un certain enthousiasme.

Djevojke te dobi često dobiju određeni entuzijazam.

Et ils éprouvent le besoin d'obtenir ce qu'ils veulent chaque fois qu'ils le peuvent.

I osjećaju potrebu da dobiju što žele kad god mogu.

C'est peut-être pour cela qu'elle voulait le saboter en secret.

Možda je to razlog zašto ga je htjela potajno sabotirati.

Il est encore plus terrifiant lorsqu'il rampe sur les murs.

Još je strašniji kad puže po zidovima.

Les parents n'osaient plus entrer dans la pièce.

Roditelji se više nisu usudili ući u sobu.

Elle serait véritablement la seule à prendre soin de son frère.

Ona bi zaista bila jedina skrbnica svog brata.

Elle ne laissa pas sa mère la persuader du contraire.

Nije dopustila majci da je uvjeri u suprotno.

La mère de Gregor se sentait déjà mal à l'aise dans la pièce.

Gregorova majka se već osjećala nelagodno u sobi.

Elle cessa bientôt de parler et aida de nouveau sa fille.

Ubrzo je prestala govoriti i ponovno je pomogla kćeri.

Avec leurs forces restantes, ils ont enlevé l'armoire.

Preostalom snagom uklonili su ormar.

La commode, il pouvait s'en passer.

Komoda je bila nešto bez čega je mogao.

Mais le bureau allait devoir rester en place pour le moment.

Ali stol je morao ostati za sada.

Pendant l'absence des femmes, il tenta d'évaluer la pièce.

Dok su žene bile otišle, pokušao je procijeniti sobu.

Et Gregor passa la tête sous le canapé.

I Gregor je provirio glavu ispod sofe.

Il devait voir ce qu'il pouvait faire face à la situation.

Morao je vidjeti što može učiniti u vezi sa situacijom.

Mais il a été aussi prudent et attentionné que possible.

Ali bio je što je moguće pažljiviji i obzirniji.

Malheureusement, c'est la mère qui est revenue la première.

Nažalost, majka se prva vratila.

Grete était encore en train de déplacer l'armoire dans la pièce voisine.
Grete je još uvijek premještala ormar u susjednoj sobi.
Mais la mère n'était pas habituée à la vue de Gregor.
Ali majka nije bila navikla na Gregorov prizor.
Un simple aperçu de lui aurait pu la rendre malade.
Čak i samo pogled na njega mogao ju je razboljeti.
Gregor recula précipitamment jusqu'à l'autre bout du canapé.
Gregor je požurio unatrag do krajnjeg kraja sofe.
Mais il ne pouvait pas reculer et maintenir le drap en équilibre.
Ali nije se mogao pomaknuti unatrag i uravnotežiti plahtu.
Ce mouvement suffit à attirer l'attention de la mère.
Pokret je bio dovoljan da privuče majčinu pažnju.
Elle marqua une pause et resta immobile un bref instant.
Zastala je i nakratko stajala sasvim mirno.
Puis elle se retourna et sortit de la pièce.
Zatim se okrenula i ponovno izašla iz sobe.
Gregor se répétait sans cesse que rien d'inhabituel ne s'était produit.
Gregor si je stalno govorio da se ništa neobično nije dogodilo.
« Ce ne sont que quelques meubles qui ont été emportés. »
"To je samo nešto namještaja što je odneseno."
Mais il dut bientôt admettre que ces événements l'avaient affecté.
Ali ubrzo je morao priznati da su ga događaji pogodili.
Les femmes disaient tout ce qu'elles faisaient.
Žene su govorile sve što su radile.
Ils faisaient des allers-retours dans la pièce.
Hodali su naprijed-natrag po sobi.
Le bruit des meubles qui grattent le sol.
Grebanje sveg namještaja po podu.
Il avait l'impression d'être assailli de toutes parts.
Osjećao se kao da ga napadaju sa svih strana.
Il replia sa tête et ses jambes aussi fort qu'il le put.
Privukao je glavu i noge što je čvršće mogao.

De toutes ses forces, il plaqua son corps au sol.
Svom snagom pritisnuo je tijelo o tlo.
Il savait qu'il ne pourrait pas supporter tout cela encore longtemps.
Znao je da sve ovo više neće moći izdržati.
Ils ont vidé sa chambre et ont pris tout ce qu'il aimait.
Ispraznili su mu sobu i uzeli sve što je volio.
Ils avaient déjà pris la boîte contenant tous ses outils.
Već su uzeli kutiju u kojoj je bio sav njegov alat.
Ils étaient en train de déloger son lourd bureau du sol.
Sad su mu otpuštali teški stol s tla.
Le bureau sur lequel il avait travaillé en rentrant du travail.
Stol za kojim je radio nakon povratka s posla.
Le bureau sur lequel il avait noté ses missions professionnelles.
Stol na kojem je pisao svoje poslovne zadatke.
Le bureau sur lequel il avait fait ses devoirs au collège.
Stol na kojem je radio zadaću u srednjoj školi.
Oui, il avait déjà eu ce bureau à l'école primaire.
Da, već je imao ovaj stol u osnovnoj školi.
Il n'a vraiment pas eu le temps de vérifier leurs bonnes intentions.
Zaista nije imao vremena potvrditi njihove dobre namjere.
Bien qu'il ait presque oublié leur présence.
Iako je gotovo zaboravio da su ionako tamo.
Parce qu'ils travaillaient en silence, épuisés.
Jer su radili tiho, zbog iscrpljenosti.
Ils étaient trop fatigués pour annoncer leurs mouvements maintenant.
Bili su previše umorni da bi sada objavili svoje kretanje.
Il n'entendait que leurs lourds pas sur le sol.
Sve što je čuo bili su njihovi teški koraci po podu.
À ce moment précis, ils étaient appuyés contre la boîte.
Baš u tom trenutku naslonili su se na kutiju.
Et c'est alors que Gregor est sorti de sous le canapé.
I tada je Gregor izašao ispod sofe.
Il a changé de direction à quatre reprises.

Četiri puta je promijenio smjer u kojem je trčao.
Il n'arrivait pas à se décider quel objet sauver en premier.
Nije mogao odlučiti koji predmet treba prvo spasiti.
Soudain, son attention fut attirée par le mur vide.
Odjednom mu je pozornost privukao prazan zid.
Ils ne lui avaient laissé que la photo de la dame en fourrure.
Sve što su mu ostavili bila je slika dame u krznu.
Il rampa jusqu'à la photo pour coller son corps contre le sien.
Dopuzao je do slike kako bi pritisnuo svoje tijelo uz nju.
Et son corps masquait complètement la vue de la photo.
I njegovo tijelo je potpuno prekrilo pogled na sliku.
Le verre le soutenait et apaisait son ventre brûlant.
Čaša ga je poduprla i tješila njegov vrući trbuh.
On ne pouvait plus lui enlever cette photo.
Ova slika mu se više nije mogla uzeti.
Puis il tourna la tête vers la porte du salon.
Zatim je okrenuo glavu prema vratima dnevne sobe.
Il allait les regarder retourner dans la pièce.
Namjeravao je gledati kako se žene vraćaju u sobu.
Et ils ne se reposèrent pas longtemps avant de revenir.
I nisu se dugo odmarali prije nego što su se ponovno vratili.
Grete avait le bras autour de sa mère pour l'aider à marcher.
Gretina ruka je obgrlila majku kako bi joj pomogla hodati.
« Que prenons-nous maintenant ? » demanda Grete en regardant autour d'elle.
„Što ćemo sad uzeti?“ upita Grete i osvrne se oko sebe.
À ce moment précis, son regard croisa celui de Gregor.
Baš u tom trenutku njezin se pogled susreo s Gregorovim očima.
Malgré le choc, elle a gardé son sang-froid.
Unatoč šoku, zadržala je prisutnost duha.
Probablement uniquement à cause de la présence de sa mère.
Vjerojatno samo zbog prisutnosti njezine majke.
Elle pencha le visage vers sa mère, lui cachant la vue.
Nagnula je lice prema majci, zaklanjajući joj pogled.
Et puis elle dit, d'une voix tremblante et sans réfléchir :

A onda je rekla, iako drhteći i bez razmišljanja:
«Allez, on ne devrait pas retourner au salon ?»
"Hajde, ne bismo li se trebali vratiti u dnevnu sobu?"
Gregor comprenait aisément les intentions de sa sœur.
Gregor je lako mogao razumjeti sestrine namjere.
Sa priorité absolue était de mettre sa mère en sécurité.
Njezin prvi prioritet bio je odvesti majku na sigurno.
Mais ensuite, elle allait le poursuivre depuis le mur.
Ali onda će ga potjerati sa zida.
« Eh bien, elle peut toujours essayer ! » pensa Gregor.
„Pa, ona svakako može pokušati!" pomislio je Gregor u sebi.
Il s'assit fermement sur son tableau et ne le lâcha pas.
Čvrsto je sjedio na svojoj slici i nije je odustajao.
Il aurait préféré sauter au visage de sa sœur.
Najradije bi skočio sestri u lice.
Mais les paroles de Grete avaient encore plus inquiété sa mère.
Ali Gretine riječi još su više zabrinule njezinu majku.
Elle s'écarta pour voir ce qu'on lui cachait.
Pomaknula se u stranu kako bi vidjela što se od nje skriva.
Et elle vit la tache brune sur le papier peint à fleurs.
I ugledala je smeđu mrlju na cvjetnim tapetama.
Et elle a crié avant même de réaliser que c'était Gregor.
I vrisnula je prije nego što je uopće shvatila da je to Gregor.
« Oh mon Dieu ! » hurla-t-elle en tendant les bras.
„O, Bože", vrisnula je raširenih ruku.
Et elle s'est effondrée sur le canapé comme si elle avait renoncé.
I pala je na kauč kao da je odustala.
« Gregor ! » cria sa sœur en levant le poing.
„Gregore!" viknula je sestra na njega uzdignutom šakom.
Et elle lui lança un regard long, dur et pénétrant.
I uputila mu je dug, tvrd i prodoran pogled.
C'était la première fois qu'elle lui parlait directement.
Ovo je bio prvi put da je s njim razgovarala izravno.
Elle a couru dans la pièce voisine pour aller chercher des sels d'ammoniaque.

Otrčala je u susjednu sobu kako bi uzela mirisne soli.
Elle devait ramener sa mère à la conscience.
Morala je vratiti majku svijesti.
Gregor voulait aider, il pourrait sauvegarder la photo plus tard.
Gregor je htio pomoći, sliku je mogao spremiti kasnije.
Mais il s'était solidement collé à la vitre.
Ali se čvrsto zaglavio na staklu.
Il a donc dû s'arracher à ce point en utilisant beaucoup de force.
Stoga se morao otrgnuti koristeći veliku silu.
Il courut lui aussi dans la pièce voisine, où se trouvait sa sœur.
I on je otrčao u susjednu sobu, gdje je bila sestra.
Autrefois, il aurait pu lui donner quelques conseils.
U stara vremena mogao joj je dati neki savjet.
Mais à présent, il ne pouvait rien faire d'autre que rester là, impuissant, et regarder.
Ali sada nije mogao ništa drugo učiniti nego stajati i mirno promatrati.
Elle fouilla dans le tiroir, ouvrant diverses bouteilles.
Preturala je po ladici, otvarajući razne boce.
Et il lui faisait encore peur quand elle se retournait.
I još ju je uvijek plašio kad se okrenula.
Une bouteille est tombée par terre, s'est cassée et a éclaté.
Boca je pala na pod, razbila se i rasprsnula.
Un éclat de verre a frappé Gregor au visage et l'a blessé.
Krhotina stakla pogodila je Gregora u lice i ozlijedila ga.
La bouteille contenait une sorte de liquide caustique.
Boca je sadržavala neku vrstu kaustične tekućine.
Et maintenant, le liquide corrosif brûlait le visage de Gregor.
A sada je korozivna tekućina pekla Gregorovo lice.
Sa sœur, cependant, n'avait pas de temps à consacrer à Gregor pour le moment.
Sestra, međutim, trenutno nije imala vremena za Gregora.
Elle ramassa autant de bouteilles qu'elle put.
Pokupila je što više boca je mogla.

Et elle est retournée en courant vers sa mère avec les médicaments.
I otrčala je natrag majci s lijekom.
Elle claqua la porte du pied, empêchant Gregor d'entrer.
Zalupila je vrata nogom, zatvarajući Gregora van.
Il était désormais coupé de sa mère, potentiellement mourante.
Sada je bio odsječen od svoje potencijalno umiruće majke.
S'il ouvrait la porte, il chasserait sa sœur.
Da je otvorio vrata, otjerao bi sestru.
Mais bien sûr, elle devait rester pour s'occuper de sa mère.
Ali naravno da je morala ostati kako bi se brinula o majci.
Il ne pouvait plus rien faire d'autre qu'attendre.
Sada nije mogao ništa učiniti nego ih čekati.
Rongé par les remords et l'anxiété, il se mit à ramper.
Mučen samoprekorom i tjeskobom, počeo je puzati.
Il rampait partout : sur les murs, les meubles, le plafond.
Puzao je posvuda; po zidovima, namještaju, stropu.
Il avait l'impression que toute la pièce tournait autour de lui.
Osjećao se kao da se cijela soba vrti oko njega.
Finalement, désespéré et pris de vertiges, il retomba.
Konačno, u očaju i vrtoglavici, pao je natrag.
Et il est tombé directement sur la grande table de la salle à manger.
I pao je ravno na veliki stol u blagovaonici.
Il resta allongé là un certain temps, engourdi et incapable de bouger.
Neko je vrijeme ležao ondje, obamrlo i nesposobno za kretanje.
Il était épuisé par tout ce que cette journée lui avait apporté.
Bio je iscrpljen od svega što mu je ovaj dan donio.
Le silence régnait partout, mais c'était peut-être bon signe.
Bilo je tiho svuda okolo, ali možda je to bio dobar znak.
Puis, brisant le silence, la sonnette retentit à l'extérieur.
Tada, prekidajući tišinu, zazvonilo je zvono vani.
La bonne, bien sûr, s'était enfermée dans sa cuisine.
Sluškinja se, naravno, zaključala u kuhinju.

La sœur était donc la seule à pouvoir ouvrir la porte.

Dakle, sestra je bila jedina koja je mogla otvoriti vrata.

« Que s'est-il passé ? » fut la première question du père.

"Što se dogodilo?" bilo je prvo što je otac upitao.

L'apparence de Grete lui avait probablement tout dit.

Gretin izgled mu je vjerojatno sve rekao.

La voix de Grete devint étouffée et monotone tandis qu'elle parlait.

Gretin glas postao je prigušen i tup dok je govorila.

Elle a dû enfouir son visage contre la poitrine de son père.

Sigurno je pritisnula lice uz očeve grudi.

« Maman était inconsciente, mais elle va mieux maintenant. »

"Majka je bila bez svijesti, ali sada se osjeća bolje."

« Gregor s'est échappé », a-t-elle ajouté, ce à quoi il s'attendait.

„Gregor je pobjegao", dodala je, što je i očekivao.

« Je vous l'ai toujours dit, il allait s'échapper un jour. »

"Uvijek sam ti govorio da će jednog dana pobjeći."

« Mais vous, les femmes, vous ne vouliez pas m'écouter, n'est-ce pas ? »

"Ali vi žene niste me htjele slušati, zar ne?"

Gregor comprit rapidement comment son père verrait les choses.

Gregor je brzo shvatio kako će njegov otac vidjeti stvari.

Il avait mal interprété le message trop bref de Grete.

Pogrešno je protumačio Gretinu prekratku poruku.

Il supposa que Gregor avait commis un acte de violence.

Pretpostavio je da je Gregor počinio neko nasilje.

Gregor devait trouver un moyen d'apaiser son père d'une manière ou d'une autre.

Gregor je morao pronaći način da nekako umiri oca.

Parce qu'il n'avait pas le temps de lui expliquer les choses.

Jer nije imao vremena da mu objasni stvari.

Mais de toute façon, il n'aurait pas été capable d'expliquer les choses.

Ali ionako ne bi bio u stanju objasniti stvari.

Il s'est donc enfui vers la porte et s'y est plaqué.
Zato je pobjegao prema vratima i pritisnuo se uz njih.
Ainsi, son père pourrait le voir depuis l'antichambre.
Tako ga je otac mogao vidjeti iz predsoblja.
Et il pourrait constater qu'il avait les meilleures intentions.
I mogao bi vidjeti da ima najbolje namjere.
Il n'était pas nécessaire de le repousser avec un balai.
Nije bilo potrebe gurati ga natrag metlom.
Il aurait suffi que le père ouvre la porte.
Sve što je otac trebao učiniti bilo je otvoriti vrata.
Mais il n'était pas d'humeur à remarquer de telles subtilités.
Ali nije bio raspoložen primjećivati takve suptilnosti.
« Te voilà ! » s'exclama-t-il dès qu'il entra.
"Evo vas!" uzviknuo je čim je ušao.
C'était comme s'il était à la fois en colère et heureux.
Kao da je bio ljut i sretan u isto vrijeme.
Il recula la tête et leva les yeux vers son père.
Zabacio je glavu unatrag i pogledao oca.
Il n'avait pas imaginé son père debout là, dans cette position.
Nije zamišljao svog oca kako stoji ondje ovako.
**Mais ces derniers temps, il s'était trouvé une nouvelle
distraction.**
Ali u posljednje vrijeme pronašao je novu distrakciju.
Ramper occupait désormais une grande partie de sa journée.
Puzanje uokolo sada mu je zauzimalo velik dio dana.
**Auparavant, il se tenait au courant de toutes les nouvelles
dans l'appartement.**
Prije je pratio sve novosti u stanu.
**Mais ces derniers temps, il n'y avait pas prêté beaucoup
d'attention.**
Ali u posljednje vrijeme nije obraćao toliko pažnje.
Il aurait dû se préparer à faire face aux changements.
Trebao je biti spreman na promjene.
**Pour autant, cet homme qui se tenait devant lui était-il
encore son père ?**
Ipak, je li ovaj čovjek pred njim još uvijek bio otac?

Était-ce le même homme qui avait l'habitude de rester allongé, fatigué, dans son lit ?
Je li to bio isti čovjek koji je nekada umoran ležao u krevetu?
Alors que Gregor était déjà parti en voyage d'affaires.
Kad je Gregor već otišao na poslovni put.
Était-ce le même homme qui le saluait le soir ?
Je li to bio isti čovjek koji ga je dočekivao navečer?
Lorsqu'il était en robe de chambre, dans son fauteuil.
Kad je bio u kućnoj haljini u svojoj fotelji.
Était-ce le même homme qui n'avait pas pu se lever pour l'accueillir ?
Je li to bio isti čovjek koji nije mogao ustati da ga dočeka?
Restant assis, il leva le bras en signe de joie.
Dakle, ostajući sjedeći, podigao je ruku u znak radosti.
Était-ce le même homme avec qui il faisait parfois des promenades ?
Je li to bio isti čovjek s kojim je povremeno išao u šetnje?
Exceptionnellement : quelques dimanches par an, ou les jours fériés.
U rijetkim prilikama: nekoliko nedjelja godišnje ili blagdani.
Était-ce le même homme qui marchait, enveloppé dans son pardessus ?
Je li to bio isti čovjek koji je hodao, omotan kaputom?
S'est-il lentement avancé, entre la mère et lui ?
Je li se polako pomicao naprijed, između majke i njega?
Et ils marchaient déjà lentement à cause de lui.
I već su polako hodali zbog njega.
Mais à présent, cet homme se tenait droit et fort.
Ali sada je ovaj čovjek stajao snažno i uspravno.
Il portait un uniforme bleu à boutons dorés.
Bio je odjeven u plavu uniformu sa zlatnim gumbima.
Les badges que portent les employés des institutions bancaires.
Gumbi koje nose službenici bankarskih institucija.
Au-dessus du col rigide, son double menton prononcé se dessinait.

Iznad krutog ovratnika nazirala se njegova snažna dvostruka brada.

Sous ses sourcils broussailleux, ses yeux noirs fixaient le vide.

Ispod gustih obrva gledale su mu crne oči.

À présent, ses yeux paraissaient perçants, frais et alertes.

Sada su mu oči izgledale prodorno, svježe i budno.

Les cheveux blancs, auparavant ébouriffés, étaient désormais peignés.

Prethodno raščupana bijela kosa bila je počešljana prema dolje.

Et ses cheveux étaient désormais coiffés d'une raie centrale méticuleuse.

A kosa mu je sada imala pedantno izrađen razdjeljak u sredini.

Il jeta son chapeau, orné d'un monogramme en or.

Bacio je šešir, na kojem je bio pričvršćen zlatni monogram.

Il s'agissait probablement du monogramme de la banque pour laquelle il travaillait.

Vjerojatno je to bio monogram banke za koju je radio.

Et le chapeau atterrit sur le canapé, pour être rangé plus tard.

I šešir je sletio na sofu, da ga kasnije pospremi.

Il repoussa le bas de sa longue veste d'uniforme.

Zavukao je donji dio duge uniformne jakne.

Et il mit ses pouces dans les poches de son pantalon.

I stavio je palčeve u džepove hlača.

Puis, le visage sombre, il s'avança vers Gregor.

A onda je, s turobnim izrazom lica, krenuo prema Gregoru.

Il ne savait probablement même pas ce qu'il comptait faire.

Vjerojatno nije ni znao što planira učiniti.

Mais il leva néanmoins les pieds exceptionnellement haut.

Ali ipak je podigao noge neobično visoko.

Gregor était stupéfait par la taille énorme de ses bottes.

Gregora je zadivila ogromna veličina njegovih čizama.

Mais il n'y avait vraiment pas le temps de s'extasier devant ses chaussures.

Ali zaista nije bilo vremena za divljenje njegovim cipelama.

Le père avait opté pour une discipline très stricte.
Otac se odlučio za vrlo strogu disciplinu.
Seule la plus grande sévérité convenait à Gregor.
Za Gregora je bila primjerena samo najveća strogost.
Il le savait dès le premier jour de sa transformation.
Znao je to od prvog dana svoje transformacije.
Il courut vers son père et s'arrêta quand celui-ci s'arrêta.
Potrčao je do oca i stao kad se ovaj zaustavio.
Il se précipita de nouveau vers lui lorsqu'il bougea à nouveau.
Ponovno je pojurio prema njemu kad se ovaj ponovno pomaknuo.
Le père marqua une pause, et Gregor fit de même.
Otac je na trenutak zastao, kao i Gregor.
Et il se précipita de nouveau en avant dès que son père eut bougé.
I ponovno je jurnuo naprijed čim se njegov otac pomaknuo.
Ils firent ainsi plusieurs fois le tour de la pièce.
Na taj su način nekoliko puta kružili po sobi.
Aucun avantage décisif n'avait encore été obtenu par qui que ce soit.
Nitko još nije stekao odlučujuću prednost.
On n'aurait pas pu avoir l'impression d'une poursuite.
Nije se mogao steći dojam potjere.
Parce que tout l'événement se déroulait beaucoup trop lentement.
Jer se cijeli događaj odvijao previše sporo.
Gregor avait décidé de rester au sol.
Gregor je odlučio da će ostati na zemlji.
Il aurait pu courir le long des murs et du plafond.
Mogao je trčati uz zidove i uz strop.
Mais il ne voulait pas provoquer inutilement le père.
Ali nije htio nepotrebno provocirati oca.
Une telle évasion aurait pu paraître particulièrement perverse.
Takav bijeg mogao se činiti posebno opakim.

Gregor admit que cette poursuite ne pourrait pas durer beaucoup plus longtemps.
Gregor je priznao da ova potjera ne može još dugo trajati.
Chaque étape nécessitait une myriade de mouvements.
Svaki korak morao je biti popraćen mnoštvom pokreta.
Il commençait déjà à avoir le souffle court.
Već je počeo osjećati nedostatak daha.
Même avant cela, il n'avait jamais eu des poumons totalement fiables.
Čak ni prije nije imao potpuno pouzdana pluća.
Il avançait en titubant, économisant ses forces pour la course.
Teturao je naprijed, čuvajući snage za trčanje.
Il était si fatigué qu'il avait du mal à garder les yeux ouverts.
Bio je toliko umoran da je jedva mogao držati oči otvorene.
Ses pensées étaient devenues trop lentes pour qu'il puisse envisager d'autres solutions.
Njegove su misli postale previše spore da bi razmišljao o drugim bijegovima.
Il avait presque oublié que les murs étaient à sa disposition.
Gotovo je zaboravio da su mu zidovi dostupni.
Mais les murs étaient de toute façon dissimulés derrière des meubles.
Ali zidovi su ionako bili skriveni iza namještaja.
Et les meubles avaient trop d'encoches et de saillies.
A namještaj je imao previše zareza i izbočina.
Et puis, juste à côté de lui, en roulant, il y avait une pomme.
A onda, odmah pored njega, kotrljajući se, nalazila se jabuka.
Il réalisa que la pomme avait dû lui être lancée.
Jabuka je vjerojatno bačena na njega, shvatio je.
Mais il n'eut pas le temps de réfléchir qu'une autre pomme arriva.
Ali nije imao vremena razmišljati prije nego što je stigla još jedna jabuka.
Gregor resta figé, sous le choc de la nouvelle stratégie de son père.
Gregor se ukočio od šoka zbog očeve nove strategije.

Il ne pouvait plus rien gagner à essayer de fuir.
Više nije mogao ništa dobiti pokušajem bijega.
Le père avait décidé de le bombarder de fruits.
Otac je odlučio da ga zasu voćem.
Il avait rempli ses poches avec les fruits du bol de la cuisine.
Napunio je džepove iz kuhinjske zdjele s voćem.
Sans viser particulièrement, il lançait pomme après pomme.
Bez posebnog ciljanja, bacao je jabuku za jabukom.
Ces petites pommes rouges roulaient sur le sol.
Ove male crvene jabuke kotrljale su se po tlu.
Comme électrifiées, les pommes se heurtèrent les unes aux autres.
Kao naelektrizirane, jabuke su se sudarale jedna o drugu.
Une des pommes, lancée mollement, a effleuré le dos de Gregor.
Jedna od slabo bačenih jabuka okrznula je Gregorova leđa.
Heureusement pour lui, la pomme a glissé sans le blesser.
Srećom po njega, ta je jabuka skliznula bez ikakvih problema.
Cependant, la pomme lancée ensuite était plus précise.
Međutim, jabuka bačena nakon toga bila je preciznija.
Et cette pomme s'est logée profondément dans le dos de Gregor.
I ova se jabuka zabila duboko u Gregorova leđa.
Gregor voulait s'éloigner de la douleur.
Gregor se htio odmaknuti od boli.
Peut-être pourrait-on échapper à cette nouvelle douleur inimaginable.
Možda bi se mogla izbjeći ova nova, nevjerojatna bol.
Un changement d'endroit pourrait peut-être soulager son supplice.
Možda bi promjena mjesta ublažila njegovu agoniju.
Mais il avait l'impression d'être cloué au sol.
Ali osjećao se kao da je prikovan za pod.
Il s'étira, mais seulement à cause de sa confusion.
Istegnuo se, ali samo zbog svoje zbunjenosti.
Ce n'est qu'à son dernier regard qu'il vit la porte s'ouvrir.
Tek je posljednjim pogledom vidio kako se vrata otvaraju.

La mère s'est précipitée devant sa sœur qui hurlait.
Majka je istrčala pred vrišteću sestru.
Sa sœur l'avait déshabillée, elle était donc encore en chemise.
Sestra ju je svukla, pa je bila u košulji.
Elle avait besoin de respirer pendant son inconscience.
Trebala joj je predaha u nesvijesti.
Il voyait encore la mère courir vers le père.
Još je vidio kako je majka trčala prema ocu.
Ses jupes glissèrent au sol, l'une après l'autre.
Suknje su joj klizile na tlo, jedna za drugom.
Il la vit s'approcher du père et trébucher sur sa jupe.
Vidio ju je kako prilazi ocu i spotiče se o suknju.
L'enlaçant, elle demanda qu'on épargne la vie de Gregor.
Zagrlivši ga, zamolila je da se Gregoru poštedi život.
En parfaite harmonie avec son corps, sa vue s'est éteinte.
U potpunom sjedinjenju sa svojim tijelom, vid mu je otkazao.

Troisième partie
Treći dio

Gregor a souffert de cette grave blessure pendant plus d'un mois.

Gregor je patio od teške ozljede više od mjesec dana.

La pomme restait incrustée ; personne n'osait l'enlever.

Jabuka je ostala ugrađena; nitko se nije usudio izvaditi je.

La pomme restait plantée dans sa chair comme un rappel visible.

Jabuka je ostala u njegovom tijelu kao vidljivi podsjetnik.

Mais la pomme servait aussi de rappel au père.

Ali jabuka je također poslužila kao podsjetnik ocu.

Il comprit que Gregor ne devait pas être traité comme un ennemi.

Shvatio je da se Gregor ne smije tretirati kao neprijatelj.

Actuellement, son apparence pourrait être triste et repoussante.

Trenutno bi njegov izgled mogao biti tužan i odvratan.

Mais il restait néanmoins un membre de leur famille.

Ali unatoč tome, on je i dalje bio član njihove obitelji.

Il a fallu accepter et tolérer cette réticence.

Nevoljkost se morala progutati i tolerirati.

En raison de sa blessure, il risque fort de perdre sa mobilité à jamais.

Zbog rane, mogao bi zauvijek izgubiti pokretljivost.

Il continuait à ramper dans sa chambre, mais beaucoup plus lentement.

Još je uvijek puzao po svojoj sobi, ali puno sporije.

Ramper à une quelconque hauteur était hors de question.

Puzanje na bilo kojoj visini nije dolazilo u obzir.

Mais Gregor a bien reçu une forme de compensation.

Ali Gregor je ipak primio neku vrstu odštete.

Le soir, la porte du salon lui fut ouverte.

Navečer su mu se otvorila vrata dnevne sobe.

Et il estimait que ces réparations étaient tout à fait adéquates.

I smatrao je da su te reparacije potpuno adekvatne.
Avant le soir, il avait déjà commencé à surveiller la porte.
Prije večeri već je počeo promatrati vrata.
Il était allongé dans l'obscurité, invisible depuis le salon.
Ležao je u mraku, nevidljiv iz dnevne sobe.
Il pouvait voir toute la famille à la table illuminée.
Mogao je vidjeti cijelu obitelj za osvijetljenim stolom.
Il était désormais autorisé à écouter leurs conversations.
Sada mu je bilo dopušteno slušati njihove razgovore.
C'était très différent de leur arrangement précédent.
Ovo je bilo sasvim drugačije od njihovog prethodnog
dogovora.
Les conversations animées d'autrefois étaient terminées.
Živahni razgovori iz ranijih vremena bili su završeni.
C'étaient ces conversations qu'il désirait tant.
To su bili razgovori za kojima je nekada čeznuo.
Lorsqu'il dormait seul dans de petites chambres d'hôtel.
Kad je spavao sam u malim hotelskim sobama.
Quand il a dû se jeter dans les draps humides.
Kad se morao baciti u vlažnu posteljinu.
**Mais les soirées étaient désormais généralement calmes et
sans incident.**
Ali večeri su sada uglavnom bile tihe i bez događaja.
Le père s'est endormi dans son fauteuil après le dîner.
Otac je zaspao u svojoj fotelji nakon večere.
Et la mère et la sœur s'exhortaient mutuellement à se taire.
I majka i sestra su se međusobno nagovarale da budu tihe.
La mère, penchée très haut sur la lampe, cousait du lin.
Majka, nagnuta daleko nad svjetlom, šila je lan.
**Elle confectionne maintenant des robes pour l'un des
magasins de mode.**
Sada je šila haljine za jednu od modnih trgovina.
**Comme Gregor, sa sœur avait trouvé un emploi de
vendeuse.**
Kao i Gregor, sestra se zaposlila kao prodavačica.
Elle apprenait la sténographie et le français le soir.
U večernjim satima učila je stenografiju i francuski.

Afin qu'elle puisse peut-être obtenir un meilleur poste plus tard.

Kako bi kasnije možda mogla dobiti bolji posao.

Parfois, le père se réveillait de sa sieste du soir.

Ponekad se otac budio iz večernjeg drijemanja.

« Chérie, tu as déjà cousu tellement longtemps aujourd'hui ! »

"Draga, danas već tako dugo šiješ!"

Il semblait avoir oublié qu'il dormait.

Činilo se kao da je zaboravio da je spavao.

Mais il retombait aussitôt dans son sommeil.

Ali odmah se ponovno vratio u san.

Et la mère et la sœur s'échangèrent un sourire las.

I majka i sestra umorno su se nasmiješile jedna drugoj.

Le père avait développé une étrange nouvelle obstination.

Otac je razvio čudnu novu tvrdoglavost.

Même chez lui, il refusait d'enlever son uniforme de domestique.

Čak i kod kuće odbijao je skinuti svoju slušku uniformu.

Et son peignoir pendait inutilement sur le cintre.

A njegov kućni ogrtač beskorisno je visio na vješalici.

Le père dormit donc, tout habillé, dans son fauteuil.

Tako je otac spavao, potpuno odjeven, u svojoj fotelji.

C'était comme s'il était toujours prêt à rendre service.

Kao da je uvijek bio spreman uslužiti se.

Comme s'il attendait simplement la voix de son supérieur.

Kao da je samo čekao glas svog nadređenog.

Cela a eu pour conséquence que son uniforme a perdu sa propreté.

Zbog toga je njegova uniforma izgubila čistoću.

Bien que l'uniforme ne fût pas neuf lorsqu'il l'a reçu.

Iako ni uniforma nije bila nova kad ju je dobio.

Et la mère faisait de son mieux pour prendre soin de l'uniforme.

I majka se svim silama brinula za uniformu.

Gregor passait des soirées entières à contempler cet uniforme.

Gregor je provodio cijele večeri gledajući tu uniformu.

Il observa le vieil homme dormir très mal.

Promatrao je kako starac vrlo neugodno spava.

Mais dans son sommeil, il remarqua aussi quelque chose de paisible.

Ali u snu je primijetio i nešto mirno.

Lorsque l'horloge a sonné dix heures, la mère a essayé de le réveiller.

Kad je sat otkucao deset, majka ga je pokušala probuditi.

Elle lui parla doucement et le persuada d'aller se coucher.

Tiho je govorila i nagovorila ga da ode u krevet.

Parce que dormir sur un fauteuil, ce n'était pas du vrai sommeil.

Jer spavanje na fotelji nije bio pravi san.

Il allait devoir commencer à travailler à six heures.

Morao je početi raditi u šest sati.

Il avait donc vraiment besoin de dormir le mieux possible.

Dakle, stvarno mu je trebao najbolji mogući san.

Mais il était pris d'une nouvelle forme d'obstination.

Ali obuzeo ga je novi oblik tvrdoglavosti.

Le fait de devenir serviteur avait commencé à avoir cet effet sur lui.

To što je postao sluga počelo je imati taj učinak na njega.

Il insistait donc toujours pour rester plus longtemps à table.

Zato je uvijek inzistirao da ostane dulje za stolom.

Bien qu'il se rendormît régulièrement dans son fauteuil.

Iako je redovito opet zaspao u svojoj stolici.

Et il ne pouvait être déplacé qu'avec la plus grande difficulté.

I mogao se pomaknuti samo uz najveće muke.

Il a fallu lui dire que ce lit lui conviendrait mieux.

Morali su mu reći da će mu krevet biti bolji.

La mère et la sœur ont dû insister, malgré quelques avertissements.

Majka i sestra morale su inzistirati uz mala upozorenja.

Pendant quinze minutes, il se contenta de secouer lentement la tête.

Petnaest minuta je samo polako odmahivao glavom.
Et il garda les yeux fermés et refusa de se lever.
I držao je oči zatvorene i odbijao je ustati.
La mère tira doucement, mais fermement, sur sa manche.
Majka ga je povukla za rukav, nježno, ali odlučno.
Et elle lui murmurait des mots flatteurs à l'oreille, encore fatiguée.
I šaptala mu je laskave riječi na umorne uši.
La sœur a interrompu sa tâche pour aider sa mère.
Sestra je napustila posao koji je obavljala kako bi pomogla majci.
Mais aucun de leurs efforts n'a fonctionné sur le père.
Ali nijedan njihov napor nije djelovao na oca.
Il s'enfonça encore plus profondément dans son fauteuil, prêt à dormir.
Još dublje je utonuo u stolicu, spreman zaspati.
Et finalement, les femmes l'ont attrapé sous les aisselles.
I konačno su ga žene uhvatile ispod pazuha.
Il ouvrit les yeux et les regarda tour à tour.
Otvorio je oči i naizmjenično ih gledao.
« Quelle vie ! » se plaignit-il en allant se coucher.
„Kakav je ovo život“, požalio se odlazeći u krevet.
« Est-ce là la paix qui m'a été accordée dans ma vieillesse ? »
"Je li ovo mir koji mi je dan u starosti?"
Mais alors, s'appuyant sur les deux femmes, il se leva maladroitement.
Ali onda, oslanjajući se na dvije žene, nespretno se digao.
Il agissait comme s'il portait le fardeau le plus lourd.
Ponašao se kao da nosi najteži teret.
Il laissa les deux femmes le conduire au fond de la pièce.
Pustio je da ga dvije žene odvedu do kraja sobe.
Là, il leur souhaita bonne nuit et poursuivit son chemin seul.
Tamo im je poželio laku noć i nastavio sam.
Mais la mère jeta précipitamment son nécessaire à couture.
Ali majka je brzo bacila svoj pribor za šivanje.
Et la sœur posa elle aussi le stylo et le bloc-notes.
I sestra je također spustila olovku i notes.

Et ils coururent derrière le père pour l'aider davantage.

I trčali su za ocem kako bi mu dodatno pomogli.

Qui, dans cette famille surmenée, avait du temps à consacrer à Gregor ?

Tko je u ovoj preopterećenoj obitelji imao vremena za Gregora?

Qui aurait pu lui accorder plus d'attention que nécessaire ?

Tko mu je mogao posvetiti više pažnje nego što je bilo potrebno?

Le budget des ménages est devenu de plus en plus restreint.

Kućni budžet postajao je sve ograničeniji.

Finalement, pour faire des économies, ils ont dû licencier la bonne.

Na kraju su, kako bi uštedjeli novac, morali otpustiti sobaricu.

Elle fut remplacée par une femme à la carrure imposante et aux cheveux blancs.

Zamijenila ju je krupnokošna žena sijede kose.

Mais cette femme ne venait que le matin et le soir.

Ali ova žena je dolazila samo ujutro i navečer.

Et tout le travail le plus lourd et le plus pénible lui avait été réservé.

I sav najteži i najteži posao bio je sačuvan za nju.

Toutes les autres tâches ménagères étaient prises en charge par la mère.

Za sve ostale poslove brinula se majka.

Il est même arrivé que plusieurs bijoux de famille soient vendus.

Događalo se čak da su se prodavali razni obiteljski dragulji.

Des bijoux que les femmes avaient portés avec joie lors des festivités.

Nakit koji su žene rado nosile tijekom proslava.

Gregor a appris cela lors d'une discussion générale.

Gregor je to saznao iz jedne od općih rasprava.

Le principal grief, cependant, portait sur autre chose.

Najveća zamjerka, međutim, bila je nešto drugo.

L'appartement était trop grand, mais ils ne pouvaient pas déménager.

Stan je bio prevelik, ali nisu se mogli iseliti.
Il était impossible de déplacer Gregor.
Nije bilo šanse da su mogli preseliti Gregora.
Mais Gregor comprit que ce n'était pas seulement une question de considération.
Ali Gregor je shvatio da to nije bila samo obzirnost.
Quelque chose d'autre les a empêchés de déménager ailleurs.
Nešto drugo ih je sprječavalo da se presele negdje drugdje.
Il aurait facilement pu être transporté dans une caisse appropriée.
Lako se mogao prevesti u prikladnoj kutiji.
Leur sentiment de désespoir total les a paralysés.
Osjećaji potpune beznađa su ih sputavali.
Ils ne voulaient pas admettre que le malheur les avait frappés.
Nisu htjeli priznati da ih je zadesila nesreća.
Ils ont accompli ce que le monde exige des pauvres.
Ono što svijet zahtijeva od siromašnih ljudi, oni su ispunili.
Le père a apporté le petit déjeuner au jeune employé de banque.
Otac je donio doručak za malog bankarskog službenika.
La mère s'est sacrifiée pour laver le linge d'inconnus.
Majka se žrtvovala za pranje rublja stranaca.
La sœur faisait des allers-retours pour prendre les commandes des clients.
Sestra je trčala naprijed-natrag po narudžbe kupaca.
Mais ils n'avaient tout simplement plus la force d'en faire plus.
Ali jednostavno nisu imali snage za više od toga.
La blessure dans le dos de Gregor commença à le faire encore plus souffrir.
Rana na Gregorovim leđima počela je još jače boljeti.
Chaque soir, la mère et la sœur amenaient le père au lit.
Svake noći majka i sestra su dovodile oca u krevet.
Ils laissèrent leur travail où il était et s'assirent ensemble.
Ostavili su svoj posao gdje je bio i sjeli zajedno.

Ils se rapprochèrent et s'assirent joue contre joue.

I približili su se jedno drugome i sjeli obraz uz obraz.

La mère désigna la pièce d'où il observait.

Majka je pokazala na sobu odakle je on promatrao.

« Pourriez-vous fermer la porte ? » demanda-t-elle à sa sœur.

„Možeš li zatvoriti vrata?", upitala je sestru.

Et Gregor se retrouva de nouveau seul dans le noir.

I tada je Gregor opet ostao sam u mraku.

Et dans la pièce voisine, la femme mêla leurs larmes.

A u susjednoj sobi žena je pomiješala njihove suze.

Ou bien ils restaient assis, les yeux secs, fixant simplement la table.

Ili su sjedili suhih očiju, samo zureći u stol.

Gregor ne dormait pratiquement pas, ni la nuit ni le jour.

Gregor gotovo uopće nije spavao, ni noću ni danju.

Il réfléchissait souvent à la façon dont il pourrait aider sa famille.

Često je razmišljao o tome kako bi mogao pomoći obitelji.

Il songea à gagner à nouveau de l'argent pour eux.

Razmišljao je o tome kako bi im ponovno zaradio novac.

Il songea à faire ce qu'il faisait autrefois pour eux.

Razmišljao je o tome da učini ono što je prije radio za njih.

Le représentant autorisé lui revint dans ses pensées.

U mislima se vratio ovlašteni predstavnik.

Et cette fois, le patron est également venu à l'appartement.

I ovaj put je i šef došao u stan.

Et les commis et les apprentis étaient là aussi.

I činovnici i šegrti su također bili tamo.

Même le domestique un peu simplet est venu le voir.

Čak ga je i spori uredski sluga došao vidjeti.

Il y avait deux ou trois amis d'autres entreprises.

Bila su dva ili tri prijatelja iz drugih tvrtki.

Une des femmes de chambre d'un hôtel de province.

Jedna od sobarica iz hotela u provinciji.

Un souvenir précieux et fugace auquel il s'efforçait de s'accrocher.

Draga i prolazna uspomena koju je pokušavao zadržati.

Une caissière d'une chapellerie pour laquelle il avait des intentions.

Blagajnica iz trgovine šeširima za koju je imao namjere.

Mais il avait été un peu trop lent à obtenir son approbation.

Ali bio je malo prespor da bi dobio njezino odobravanje.

Ils lui apparurent tous, mêlés à des inconnus.

Svi su se pojavili u njegovim mislima, pomiješani sa strancima.

Et d'autres n'apparurent pas ; ils étaient déjà oubliés.

A drugi se nisu pojavili; već su bili zaboravljeni.

Mais ils ne l'ont pas aidé, ni lui, ni sa famille.

Ali nisu mu pomogli, niti su pomogli obitelji.

Ils étaient inaccessibles, et il était content quand ils sont partis.

Bili su nedostupni, i bio je sretan kad su otišli.

Il n'était pas toujours d'humeur à se soucier de sa famille.

Nije uvijek bio raspoložen brinuti se za obitelj.

Et il était rempli de rage à cause de ce manque d'attention.

I bio je ispunjen bijesom zbog nedostatka pažnje.

Et il ne pouvait imaginer rien qui puisse lui faire envie.

I nije mogao zamisliti ništa što bi mu se svidjelo.

Mais il avait tout de même prévu de cambrioler le garde-manger.

Ali je i dalje kovao planove za provalu u ostavu.

Et il allait prendre tout ce qui lui était dû.

I namjeravao je uzeti sve što je zaslužio.

Sa sœur ne faisait plus aucun effort particulier pour lui.

Sestra se više nije posebno trudila za njega.

Elle ne consacrait plus de temps à chercher à lui plaire.

Više nije trošila vrijeme razmišljajući o tome kako mu ugoditi.

Avant d'aller travailler, elle a rapidement glissé de la nourriture dans la pièce.

Prije posla brzo je u sobu ugurala nešto hrane.

Et le soir venu, elle a rapidement ramassé les restes.

A navečer je opet brzo pomela hranu.

Elle ne faisait plus attention à savoir s'il avait mangé ou non.

Je li jeo ili nije, više nije primjećivala.

Le plus souvent, la nourriture restait intacte.

Sada je hrana češće ostajala netaknuta.

Elle continuait de traverser la pièce rapidement le soir.

Još je navečer brzo prošla kroz sobu.

Mais maintenant, elle se contentait du strict minimum, aussi vite que possible.

Ali sada je učinila samo najnužnije, što je brže mogla.

Des traînées de saleté jonchaient les murs.

Tragovi prljavštine ostali su po zidovima.

Des boules de poussière et de détritus jonchaient le sol.

Kuglice prašine i smeća ostale su ležati na podu.

Gregor manifesta son désapprobation face à son manque d'attention.

Gregor je pokazao svoje neodobravanje zbog njezinog nedostatka brige.

Il se tourna selon un angle particulièrement significatif.

Okrenuo se pod posebno značajnim kutom.

Mais il aurait pu rester à ce poste pendant des semaines.

Ali mogao je ostati na toj poziciji tjednima.

Sa sœur n'aurait pas remarqué son mécontentement.

Njegova sestra ne bi primijetila njegovo nezadovoljstvo.

Elle voyait la saleté aussi bien que lui, voire mieux.

Vidjela je zemlju jednako dobro kao i on, ako ne i bolje.

Mais elle avait décidé de laisser la saleté où elle était.

Ali odlučila je ostaviti zemlju gdje jest.

À cette époque, elle a développé une sensibilité totalement nouvelle.

U to vrijeme usvojila je potpuno novu osjetljivost.

Elle s'était donné pour mission de nettoyer la chambre de Gregor.

Čišćenje Gregorove sobe učinila je svojom odgovornošću.

La famille a été touchée par sa gentillesse et sa prévenance.

Obitelj je bila dirnuta njezinom ljubaznom pažnjom.

Une fois, sa mère avait nettoyé sa chambre de fond en comble.

Jednom je majka temeljito očistila njegovu sobu.

Ce n'est qu'après avoir utilisé plusieurs seaux d'eau qu'elle a réussi.

Tek nakon što je potrošila nekoliko kanti vode, uspjela je.
Cependant, l'humidité nouvelle dans la pièce a nui à Gregor.
Međutim, nova vlaga u sobi štetila je Gregoru.
Et il gisait, étendu de tout son long, amer et immobile sur le canapé.
I ležao je široko, ogorčeno i nepomično na sofi.
Mais ce n'était que sa première punition pour avoir aidé.
Ali to je bila samo njezina prva kazna za pomoć.
La sœur remarqua rapidement le changement dans la chambre de Gregor.
Sestra je brzo primijetila promjenu u Gregorovoj sobi.
Et elle s'est précipitée dans le salon, extrêmement insultée.
I utrčala je u dnevnu sobu, krajnje uvrijeđena.
Sa mère leva les mains et tenta de la supplier.
Majka je podigla ruke i pokušala je preklinjati.
Mais malgré une explication sincère, elle a éclaté en sanglots.
Ali unatoč iskrenom objašnjenju, briznula je u plač.
Le père, bien sûr, sursauta et se leva de sa chaise.
Otac se naravno trgnuo sa stolca.
Et les deux parents regardaient, stupéfaits et impuissants.
A dvoje roditelja su gledali, zapanjeni i bespomoćni.
Et finalement, leurs émotions s'agitèrent elles aussi.
I na kraju su im se i emocije uzburkale.
Le père a reproché à la mère ce qu'elle avait fait.
Otac je prekorio majku zbog onoga što je učinila.
« Tu aurais dû laisser la chambre à Grete pour qu'elle la nettoie. »
"Trebao si ostaviti sobu da Grete očisti."
Grete a crié sur sa mère parce qu'elle avait nettoyé sa chambre.
Grete je vikala na majku jer mu je čistila sobu.
«Tu n'as plus jamais le droit de nettoyer sa chambre !»
"Nikad više ne smiješ čistiti njegovu sobu!"
La mère a essayé d'entraîner le père dans la chambre.
Majka je pokušala odvući oca u spavaću sobu.
La sœur resta seule dans la pièce, tremblante et sanglotant.

Sestra je ostala u sobi, tresla se i jecala.

Et elle frappa la table avec ses petits poings.

I udarala je po stolu svojim malim šakama.

Et Gregor siffla bruyamment de colère contre eux tous.

I Gregor je glasno siktao od ljutnje na sve njih.

Pourquoi personne n'avait-il pensé à lui fermer la porte ?

Zašto nitko nije pomislio zatvoriti vrata za njega?

Ils auraient pu lui épargner ce spectacle et ce bruit.

Mogli su ga poštedjeti ovog prizora i buke.

Sa sœur était épuisée après être rentrée du travail.

Sestra je bila iscrpljena nakon što se vratila s posla.

Et s'occuper de Gregor représentait encore plus de travail pour elle.

A briga za Gregora bila je za nju još veći posao.

Mais cela ne signifie pas que la mère aurait dû le faire.

Ali to nije značilo da je majka to trebala učiniti.

Gregor, en revanche, ne doit pas être négligé.

Gregora, s druge strane, ne treba zanemariti.

Mais maintenant, ils avaient une nouvelle bonne qui pouvait faire ce genre de choses.

Ali sada su imali novu sluškinju koja je mogla raditi takve stvari.

Une veuve âgée à la charpente osseuse robuste.

Starija udovica koja je imala snažnu koštanu strukturu.

Une stature qui l'a aidée à survivre à sa vie difficile.

Status koji joj je pomogao da preživi težak život.

L'apparence de Gregor ne lui déplaisait pas vraiment.

Nije osjećala nikakvu stvarnu odbojnost prema Gregorovom izgledu.

Elle avait ouvert la porte de la chambre de Gregor par inadvertance.

Slučajno je otvorila vrata Gregorove sobe.

Ce n'était pas par curiosité particulière à propos de la pièce.

Nije to bilo iz neke posebne znatiželje u vezi sobe.

Elle faisait simplement son travail et a ouvert la porte par hasard.

Samo je radila svoj posao i slučajno je otvorila vrata.

Gregor, bien sûr, fut complètement surpris par elle.
Gregor je, naravno, bio potpuno iznenađen njome.
Il n'était pas poursuivi, mais il courait d'avant en arrière.
Nisu ga progonili, nego je trčao naprijed-natrag.
Elle croisa simplement les bras et le regarda ramper.
I samo je prekrižila ruke i gledala ga kako puže.
Depuis lors, elle lui entrouvrait toujours un peu la porte.
Od tada mu je uvijek malo otvorila vrata.
Un matin, elle a jeté un coup d'œil pour voir comment il allait.
Jednog jutra je pogledala da vidi kako je.
Et le soir, elle est allée prendre de ses nouvelles avant de partir.
A navečer ga je provjerila, prije nego što je otišla.
Au début, elle a aussi essayé de l'appeler pour qu'il vienne la rejoindre.
Isprva ga je također pokušala dozvati da dođe k njoj.
« Viens par ici, vieux bousier ! » disait-elle.
„Dođi ovamo, stari balegaru!", govorila je.
Ou bien elle disait, amicalement : « Regardez ce vieux bousier ! »
Ili je rekla: "pogledajte starog balegara!", prijateljski.
Gregor n'a jamais réagi lorsqu'on lui parlait de cette façon.
Gregor nikada nije reagirao kada bi mu se tako obraćalo.
Il resta là, immobile, et l'ignora.
Ostao je ondje, nepomičan, i ignorirao ju je.
« Si seulement on lui avait expliqué comment faire correctement son travail. »
"Kad bi joj barem bilo rečeno kako da pravilno obavlja svoj posao."
« Au lieu de me déranger, elle devrait nettoyer ma chambre. »
"Umjesto što me gnjavi, trebala bi mi pospremiti sobu."
Tôt le matin, une forte pluie a frappé les fenêtres.
Jednom rano ujutro jaka kiša udarila je u prozore.
Peut-être la pluie était-elle déjà un signe du printemps à venir.
venir.

Možda je kiša već bila znak dolaska proljeća.
La bonne recommença à lui parler de cette façon.
Sluškinja je ponovno počela s njim razgovarati na taj način.
Gregor était tellement amer qu'il se tourna vers elle.
Gregor je bio toliko ogorčen da se okrenuo prema njoj.
Il était lent et infirme, mais c'était une sorte d'attaque.
Bio je spor i nemoćan, ali to je bio svojevrsni napad.
La bonne, en revanche, n'avait absolument pas peur de Gregor.
Sluškinja se, međutim, uopće nije bojala Gregora.
Au lieu de cela, elle souleva une chaise qui se trouvait près de la porte.
Umjesto toga, podigla je stolicu koja je bila blizu vrata.
Et elle resta là, calmement, la bouche grande ouverte.
I stajala je ondje, mirno, širom otvorenih usta.
Ses intentions étaient claires, même Gregor pouvait le voir.
Njene su namjere bile jasne, čak je i Gregor to mogao vidjeti.
Et il se retourna lentement pour reprendre sa position initiale.
I okrenuo se, polako, u svoj prvobitni položaj.
« Donc vous ne voulez pas vous approcher davantage, n'est-ce pas ? »
"Dakle, ne želiš se približiti, zar ne?"
Et elle remit discrètement la chaise dans le coin.
I tiho je vratila stolicu u kut.

Gregor ne mangeait presque plus rien.
Gregor više gotovo ništa nije jeo.
Parfois, lors de ses promenades dans la pièce, il s'arrêtait.
Ponekad bi se, šetajući po sobi, zaustavio.
Et il se retrouva à côté du repas qui lui avait été préparé.
I našao se pokraj hrane koja mu je bila pripremljena.
Il mit la nourriture dans sa bouche, mais seulement pour jouer avec.
Stavio je hranu u usta, ali samo da se igra s njom.
Et bien souvent, il le recrachait quelques heures plus tard.
I prilično često ga je opet ispljunuo nakon nekoliko sati.

Il essaya de trouver une raison à son manque d'appétit.
Pokušao je pronaći razlog za svoj nedostatak apetita.
Peut-être parce qu'il était triste de l'état de sa chambre.
Možda zato što je bio tužan zbog stanja svoje sobe.
Mais il s'était fait à l'idée des changements survenus dans la pièce.
Ali pomirio se s promjenama u sobi.
Récemment, sa chambre était devenue une sorte de débarras.
Nedavno je njegova soba postala neka vrsta skladišta.
Ils avaient pris l'habitude de laisser des choses là.
Stekli su naviku ostavljati stvari tamo.
Et il restait maintenant beaucoup de choses de ce genre dans sa chambre.
I sada je u njegovoj sobi ostalo mnogo takvih stvari.
Parce qu'une chambre de l'appartement avait été louée.
Jer je jedna soba u stanu bila iznajmljena.
Trois messieurs sérieux louaient la chambre ensemble.
Tri ozbiljna gospodina zajedno su iznajmljivala sobu.
Gregor les avait aperçus un jour à travers une fente dans la porte.
Gregor ih je jednom primijetio kroz pukotinu na vratima.
Ils portaient des barbes fournies et étaient habillés avec un soin méticuleux.
Imali su pune brade i bili su pedantno odjeveni.
Ils étaient scrupuleux quant à la propreté des lieux.
Bili su pedantni u tome da sve bude uredno.
Leur obsession pour la propreté ne s'arrêtait pas à leur chambre.
Njihovo inzistiranje na urednosti nije se zaustavilo na njihovoj sobi.
L'appartement entier devait être maintenu d'une propreté impeccable.
Cijeli stan je morao biti savršeno čist.
Ils étaient encore plus pointilleux sur l'apparence de la cuisine.
Bili su još izbirljiviji oko izgleda kuhinje.
Et ils ne supportaient aucun encombrement inutile.

I nisu mogli tolerirati nikakav nepotreban nered.
Ils avaient également apporté leurs propres meubles.
Također su sa sobom donijeli i vlastiti namještaj.
C'est pourquoi beaucoup de choses étaient devenues superflues.
Zbog toga su mnoge stvari postale suvišne.
C'étaient des choses pour lesquelles personne n'aurait payé.
To su bile stvari za koje nitko ne bi platio novac.
Mais la famille ne voulait pas non plus se débarrasser de ces objets.
Ali obitelj također nije htjela odbaciti te stvari.
Tous ces objets ont fini quelque part dans la chambre de Gregor.
Sve su te stvari negdje otišle u Gregorovu sobu.
Le cendrier de la cuisine se trouvait désormais dans sa chambre.
Kutija za pepeo iz kuhinje sada se nalazila u njegovoj sobi.
Et les ordures étaient entreposées dans sa chambre jusqu'au jour de la collecte.
I smeće je držano u njegovoj sobi do dana odvoza smeća.
La bonne a jeté dans sa chambre tout ce dont elle n'avait pas besoin.
Sluškinja je u njegovu sobu bacila sve što joj nije trebalo.
Heureusement, il n'a vu que la main et l'objet.
Srećom, nije vidio ništa više od ruke i predmeta.
Elle comptait probablement revenir chercher les affaires plus tard.
Vjerojatno se namjeravala vratiti po stvari kasnije.
Ou peut-être voulait-elle tout jeter d'un coup.
Ili je možda htjela sve odbaciti odjednom.
Cependant, tout est resté là où il s'était initialement posé.
Međutim, sve je ostalo tamo gdje je i prvo sletjelo.
À moins que Gregor n'ait déplacé les débris en se faufilant à travers.
Osim ako Gregor nije pomaknuo smeće provlačeći se kroz njega.
Au début, il a été obligé de ramper à travers tous les détritus.

Isprva je bio prisiljen puzati kroz svu tu gomilu smeća.
Il lui était impossible d'éviter cela.
Nije bilo mogućnosti da to izbjegne.
Mais plus tard, il a finalement trouvé du plaisir dans cette activité.
Ali kasnije je zapravo pronašao zadovoljstvo u toj aktivnosti.
Bien que ces efforts l'aient laissé triste et profondément fatigué.
Iako ga je takav napor ostavio tužnim i duboko umornim.
Et ensuite, il est resté incapable de bouger pendant de nombreuses heures.
I nakon toga se satima nije mogao pomaknuti.
Les locataires prenaient parfois leurs repas dans le salon.
Podstanari su ponekad jeli u dnevnoj sobi.
La porte du salon restait fermée ces soirs-là.
Vrata dnevne sobe su tih večeri ostala zatvorena.
Mais Gregor n'avait aucune difficulté à ne pas ouvrir la porte à présent.
Ali Gregor nije imao problema da sada ne otvori vrata.
Même lorsque la porte était ouverte, il ne regardait pas toujours dehors.
Čak i kad su vrata bila otvorena, nije uvijek gledao van.
Mais il s'allongea dans le coin le plus sombre de la pièce.
Ali on se legao u najtamniji kut sobe.
La famille n'a pas non plus remarqué son manque d'attention.
Ni obitelj nije primijetila njegov nedostatak pažnje.
Mais une fois, la bonne a laissé la porte ouverte.
Ali jednom je sobarica ostavila vrata otvorena.
La porte est restée ouverte même au retour des locataires.
Vrata su ostala otvorena čak i kad su se podstanari vratili.
Et la porte était ouverte quand la lumière a été allumée.
I vrata su bila otvorena kad se svjetlo upalilo.
L'homme était assis à la table où la famille dînait.
Čovjek je sjedio za stolom gdje je obitelj večerala.
Autrefois, père, mère et Gregor étaient assis là.
Otac, majka i Gregor sjedili su ondje u ranijim vremenima.

Ils déplièrent les serviettes et prirent des couteaux et des fourchettes.
Razmotali su salvete i uzeli noževe i vilice.
La mère apparut sur le seuil avec un bol de viande.
Majka se pojavila na vratima sa zdjelom mesa.
Puis sa sœur est entrée avec un bol plein de pommes de terre.
Tada je sestra ušla sa zdjelom punom krumpira.
Les locataires se penchèrent sur les bols placés devant eux.
Podstanari su se sagnuli nad zdjelama postavljenim pred njih.
L'épaisse fumée des aliments leur montait jusqu'au nez.
Gusti dim od hrane dizao im se do nosa.
Mais ils n'avaient pas encore décidé s'ils allaient manger.
Ali još nisu odlučili hoće li pojesti hranu.
Peut-être renverraient-ils le plat en cuisine.
Možda bi poslali obrok natrag u kuhinju.
L'homme assis au milieu semblait être l'autorité.
Čovjek koji je sjedio u sredini činio se autoritetom.
Il a coupé la viande pour déterminer si elle était suffisamment tendre.
Rezao je meso kako bi provjerio je li dovoljno mekano.
Il était satisfait de l'odeur et de l'apparence des aliments.
Bio je zadovoljan kako je hrana mirisala i izgledala.
La mère et la sœur les observaient avec anxiété.
Majka i sestra su ih zabrinuto promatrale.
Et ils commencèrent à sourire, poussant un soupir de soulagement accumulé.
I počeli su se smiješiti s uzdahom sve većeg olakšanja.
La famille allait elle-même manger dans la cuisine.
Obitelj je sama namjeravala jesti u kuhinji.
Mais avant cela, le père alla voir comment allaient les locataires.
Ali prvo je otac otišao provjeriti podstanare.
Il s'inclina une fois, tenant sa casquette de travail à la main.
Naklonio se jednom, držeći u ruci kapu s posla.
Et il fit le tour de la table, saluant chaque invité.
I obišao je krug oko stola, do svakog gosta

Les locataires se levèrent tous en marmonnant dans leur barbe.

Svi podstanari su ustali, mrmljajući u brade.

Après son départ, ils mangèrent dans un silence presque complet.

Nakon što je otišao, jeli su u gotovo potpunoj tišini.

Gregor trouvait étrange d'entendre des bruits de mastication.

Gregoru se činilo čudnim što čuje žvakanje.

Aucun autre aspect du repas ne semblait produire le moindre son.

Nijedan drugi aspekt jedenja nije se činio čujnim.

Mais il pouvait distinctement entendre des dents grincer.

Ali je jasno čuo škripanje zuba.

Ils semblaient lui dire qu'il avait besoin de dents pour manger.

Činilo se kao da mu govore da mu trebaju zubi za jelo.

« On ne peut rien faire si on n'a plus de dents dans la mâchoire. »

"Ne možeš ništa učiniti ako ti čeljust nema zuba."

« J'aimerais manger quelque chose », dit Gregor avec anxiété.

„Želio bih nešto pojesti", reče Gregor zabrinuto.

« Mais je n'ai aucun appétit pour ce que vous mangez tous. »

"Ali nemam apetita za ono što svi vi jedete."

« Regardez ces locataires manger, et moi je meurs de faim. »

"Pogledajte kako ovi podstanari jedu, a ja umirem od gladi."

Ce soir-là, Gregor pensait justement au violon.

Gregor je te večeri slučajno pomislio na violinu.

Il n'avait plus entendu le violon depuis la transformation.

Nije čuo violinu od transformacije.

Mais ce soir-là, un bruit est venu de la cuisine.

Ali onda, te večeri, iz kuhinje se začuo zvuk.

Les messieurs avaient déjà terminé leur repas du soir.

Gospoda su već završila s večerom.

L'homme du milieu avait commencé à lire un journal.

Srednji gospodin je počeo čitati novine.

Il avait donné une feuille à chacun des deux autres messieurs.

Drugoj dvojici gospode dao je po jedan list.

Et maintenant, ils étaient affalés en arrière, en train de lire et de fumer.

A sada su se zavalili, čitali i pušili.

Lorsque le violon commença à jouer, ils devinrent attentifs.

Kad je violina zasvirala, postali su pažljivi.

Ils se levèrent et marchèrent sur la pointe des pieds jusqu'à la porte de l'antichambre.

Ustali su i na prstima krenuli prema vratima predsoblja.

Ils se tenaient là, blottis les uns contre les autres, écoutant à la porte.

Ovdje su stajali zbijeni jedno uz drugo, osluškujući na vratima.

La famille a dû entendre les hommes qui étaient dans la cuisine.

Obitelj je vjerojatno čula muškarce iz kuhinje.

Car le père les appela et leur demanda :

Jer ih je otac pozvao i upitao;

« Le violon ne serait-il pas inconfortable pour ces messieurs ? »

"Je li violina možda neudobna za gospodu?"

« Si la musique ne vous plaît pas, on peut s'arrêter immédiatement. »

"Ako ti se ne sviđa glazba, možemo odmah stati."

« Au contraire », dit celui du milieu des messieurs.

„Naprotiv", reče srednji od gospode.

« La jeune fille aimerait-elle jouer du violon dans notre chambre ? »

"Bi li mlada dama htjela svirati violinu u našoj sobi?"

« C'est nettement plus confortable et chaleureux ici. »

"Ovdje je definitivno puno ugodnije i ugodnije."

Le père répondit comme s'il était lui-même le violoniste.

Otac je odgovorio kao da je sam violinist.

« Oh, je vous en prie, ce serait merveilleux », s'écria le père.

„O, molim vas, to bi bilo divno", uzviknuo je otac.

Les messieurs retournèrent au salon et attendirent.

Gospoda su se vratila u dnevnu sobu i čekala.

Peu après, le père entra dans la pièce avec le pupitre.

Ubrzo je otac ušao u sobu s notnim stalkom.

La mère entra dans la pièce avec le livre de musique.

Majka je ušla u sobu s notnom knjigom.

Et la sœur entra dans la pièce avec le violon.

I sestra je ušla u sobu s violinom.

Elle a calmement tout préparé pour jouer du violon.

Mirno je sve pripremila za sviranje violine.

Les parents exagéraient leur politesse et leurs bonnes manières.

Roditelji su pretjerivali u svojoj pristojnosti i manirama.

Ils n'avaient jamais loué de chambres à des locataires auparavant.

Nikada prije nisu iznajmljivali sobe podstanarima.

Et ils n'osaient même pas s'asseoir sur leurs propres chaises.

I nisu se usudili čak ni sjesti na vlastite stolice.

Au lieu de s'asseoir, le père s'appuya contre la porte.

Umjesto da sjedne, otac se naslonio na vrata.

Sa main droite était coincée entre deux boutons de son manteau.

Desna ruka mu je bila između dva gumba kaputa.

Un monsieur a toutefois offert une chaise à la mère.

Majci je, međutim, jedan gospodin ponudio stolicu.

Mais elle s'assit là où le monsieur avait placé la chaise.

Ali sjela je tamo gdje je gospodin postavio stolicu.

Et il n'avait pas placé la chaise à un endroit précis.

I nije postavio stolicu nigdje posebno.

La mère s'assit donc à l'écart de tout le monde, dans un coin.

Tako je majka sjedila odvojeno od svih, u kutu.

Et finalement, la sœur s'est mise à jouer du violon.

I konačno je sestra počela svirati violinu.

Les parents, placés de part et d'autre, suivaient attentivement.

Roditelji, sa suprotnih strana, pomno su pratili.

Et ils observaient attentivement chacun des mouvements de sa main.

I pažljivo su pratili svaki pokret njezine ruke.
Gregor était également attiré par le jeu du violon.
Gregora je privlačilo i sviranje violine.
Et il s'aventura un peu plus loin hors de sa chambre.
I odvažio se malo dalje izaći iz svoje sobe.
Il avait déjà la tête dans le salon.
Već je bio s glavom u dnevnoj sobi.
Il était très fier d'être très attentionné.
Jako se ponosio time što je bio vrlo obziran.
Mais récemment, il ne remettait guère en question son manque d'attention.
Ali nedavno jedva da je dovodio u pitanje svoj nedostatak brige.
Même s'il avait maintenant plus de raisons de se cacher qu'auparavant.
Iako je sada imao više razloga za skrivanje nego prije.
Parce que sa chambre était recouverte de poussière et de saletés diverses.
Jer mu je soba bila prekrivena prašinom i raznom prljavštinom.
Le moindre mouvement soulevait toutes sortes d'immondices.
Najmanji pokret uzburkao je svakakvu prljavštinu.
Toute cette saleté lui collait à la peau : poussière, cheveux, restes de nourriture.
Sva ta prljavština se lijepila za njega; prašina, kosa, ostaci hrane.
Il aurait pu frotter la saleté contre le tapis.
Mogao je trljati prljavštinu o tepih.
C'était quelque chose qu'il faisait plusieurs fois par jour.
To je nešto što je radio nekoliko puta dnevno.
Mais son indifférence à tout était bien trop grande.
Ali njegova ravnodušnost prema svemu bila je prevelika.
Il n'avait donc pas peur d'aller un peu plus loin.
Stoga se nije bojao krenuti malo dalje.
Et il s'est installé sur le sol impeccable du salon.
I premjestio se na besprijekoran pod dnevne sobe.

Cependant, personne ne l'a remarqué, ni ne lui a prêté attention.

Međutim, nitko ga nije primijetio, niti mu je obraćao pažnju.

La famille était complètement absorbée par le concert.

Obitelj je bila potpuno zaokupljena koncertom.

Les messieurs, quant à eux, ont d'abord battu en retraite.

Gospoda su se, s druge strane, isprva povukla.

Et ils se tenaient tout près, derrière le pupitre de la sœur.

I stajali su blizu iza sestrinog stalka za note.

S'ils avaient regardé, ils auraient pu voir les notes de musique.

Da su pogledali, mogli su vidjeti glazbene note.

Cela aurait évidemment perturbé la sœur.

To bi, naravno, uznemirilo sestru.

Alors, au lieu de s'asseoir, ils restèrent debout près de la fenêtre.

Zatim su stali kraj prozora, umjesto da sjednu.

Les mains dans les poches, ils continuaient à parler.

S rukama u džepovima nastavili su razgovarati.

Ils restèrent là tandis que le père les observait avec anxiété.

Ostali su ondje dok ih je otac zabrinuto promatrao.

On avait l'impression qu'ils avaient d'autres attentes.

Čovjek je imao dojam da su imali drugačija očekivanja.

Et il semblait vraiment qu'ils avaient été déçus.

I zaista se činilo kao da su razočarani.

Il semblait qu'ils en avaient assez du spectacle.

Izgledalo je kao da im je nastup bio dovoljan.

Ils avaient laissé le violon troubler leur tranquillité.

Dopustili su da violina poremeti njihov mir.

Et ils ne toléraient la musique que par politesse.

I glazbu su tolerirali samo iz pristojnosti.

La façon dont ils ont dissipé la fumée était particulièrement troublante.

Način na koji su otpuhivali dim bio je posebno uznemirujući.

Et pourtant, elle jouait du violon avec une telle beauté.

A ipak je tako lijepo svirala violinu.

Son visage était légèrement incliné sur le côté, sur le violon.

Lice joj je bilo blago nagnuto u stranu, na violini.
Son regard parcourait tristement les lignes de la musique.
Očima je tužno pretraživala glazbene linije.
Gregor se sentait un peu plus attiré par le salon.
Gregor se osjećao još malo povučenim u dnevnu sobu.
Il gardait la tête près du sol, mais regardait vers le haut.
Držao je glavu blizu tla, ali je gledao prema gore.
Peut-être que de cette façon, le regard de sa sœur croiserait le sien.
Možda bi se na ovaj način pogled njegove sestre mogao sresti s njegovim očima.
Peut-on vraiment dire qu'il n'était qu'un animal ?
Može li se doista reći da je bio samo životinja?
Était-il un animal si la musique pouvait le captiver à ce point ?
Je li bio životinja ako ga je glazba mogla toliko očarati?
Il avait l'impression qu'on lui montrait un chemin vers une nourriture inconnue.
Osjećao se kao da mu je prikazan put do nepoznate hrane.
C'était peut-être là le réconfort qui lui manquait.
Možda je to bila hrana koja mu je nedostajala.
Il était déterminé à rejoindre sa sœur.
Bio je odlučan da krene prema svojoj sestri.
Il avait envie de tirer sur sa jupe pour attirer son attention.
Htio ju je povući za suknju kako bi privukao njezinu pažnju.
Il voulait lui faire comprendre qu'il l'invitait.
Htio joj je dati znak poziva.
« Viens jouer du violon dans ma chambre », aurait-il voulu dire.
„Dođi i sviraj violinu u mojoj sobi", htio je reći.
Il souhaitait qu'elle soit récompensée pour sa magnifique musique.
Želio je da bude nagrađena za svoju prekrasnu glazbu.
« Personne ici ne te récompense pour jouer du violon. »
"Nitko te ovdje ne nagrađuje za sviranje violine."
Il ne voulait plus la laisser sortir de sa chambre.
Više je nije htio pustiti iz svoje sobe.

Il voulait qu'elle reste avec lui aussi longtemps qu'il vivrait.
Želio je da ona ostane s njim dok god je živ.
Pour la première fois, sa transformation eut un avantage.
Po prvi put njegova transformacija je imala koristi.
Sa difformité allait enfin lui être utile.
Njegova deformacija će mu napokon postati korisna.
Il voulait être présent simultanément aux quatre portes.
Htio je biti na sva četiri vrata istovremeno.
Il avait envie de les siffler et de leur cracher dessus de tous les côtés.
Htio je siktati i pljuvati na njih sa svih strana.
Sa sœur ne devrait pas être forcée de rester avec lui.
Njegova sestra ne bi trebala biti prisiljena ostati s njim.
Il voulait qu'elle choisisse volontairement de rester avec lui.
Želio je da ona dobrovoljno odluči ostati s njim.
Elle allait s'asseoir à côté de lui et se pencher vers lui.
Namjeravala je sjesti pokraj njega i nagnuti se prema njemu.
Et il allait lui parler de l'école de musique.
I namjeravao joj je reći za glazbenu školu.
Il avait la ferme intention de l'envoyer à l'académie.
Imao je čvrstu namjeru poslati je u akademiju.
Il en aurait parlé à tout le monde à Noël dernier.
Svima bi to rekao prošlog Božića.
Noël était-il déjà passé ?
Je li Božić stvarno već došao i prošao?
Et il n'aurait laissé personne le dissuader.
I ne bi dopustio nikome da ga od toga odvrati.
Mais un accident malheureux a tout arrêté.
Ali onda je nesretna nesreća sve zaustavila.
La sœur aurait été submergée par l'émotion.
Sestru bi preplavile emocije.
Et Gregor aurait alors grimpé jusqu'à son épaule.
A onda bi se Gregor popeo na njezino rame.
Et il l'aurait réconfortée en l'embrassant dans le cou.
I utješio bi je ljubeći joj vrat.
« Monsieur Samsa ! » appela l'homme au milieu au père.
„Gospodine Samsa!" čovjek u sredini doviknuo je ocu.

Il pointait Gregor du doigt.
Kažiprstom je pokazivao prema dolje na Gregora.
Gregor traversait lentement le salon.
Gregor se polako kretao po podu dnevne sobe.
Le jeu du violon s'est très vite tu.
Sviranje violine vrlo brzo je utihnulo.
Celui du milieu sourit à ses amis.
Srednji od trojice muškaraca nasmiješio se svojim prijateljima.
Puis il secoua la tête et regarda Gregor.
Zatim je odmahnuo glavom i ponovno pogledao Gregora.
Le père aurait pu forcer Gregor à retourner dans sa chambre.
Otac je mogao prisiliti Gregora da se vrati u njegovu sobu.
**Mais ce n'était pas la première action qu'il décida
d'entreprendre.**
Ali to nije bio prvi potez na koji se odlučio.
Il estimait qu'il était plus important de calmer ces messieurs.
Mislio je da je važnije smiriti gospodu.
Bien qu'ils ne fussent pas vraiment contrariés par Gregor.
Iako ih Gregor zapravo uopće nije uzrujao.
Gregor semblait plus divertissant que le jeu de violon.
Gregor se činio zabavnijim od sviranja violine.
Il s'est précipité vers eux, les bras tendus.
Pojurio je prema njima raširenih ruku.
Il faisait de son mieux pour leur cacher la vue de Gregor.
Trudio se svim silama prikriti njihov pogled na Gregora.
Et il a essayé de les faire retourner dans leur chambre.
I pokušao ih je potaknuti da se vrate u svoju sobu.
Au contraire, cela les a un peu agacés.
Ako ih je išta, ovo ih je zapravo malo iznerviralo.
Mais il était difficile de dire exactement ce qui les agaçait.
Ali bilo je teško reći što ih je točno živciralo.
Le père gâchait le divertissement de la soirée.
Otac je kvario zabavu te večeri.
**Mais ils venaient aussi d'apprendre l'existence de leur
nouveau colocataire.**
Ali upravo su saznali i za svog novog cimera.
Ils levèrent les mains comme l'avait fait leur père.

Podigli su ruke baš kao što je to učinio i otac.
Ils ont exigé une explication immédiate du père.
Zahtijevali su hitno objašnjenje od oca.
Ils tiraient nerveusement sur leur barbe, cherchant une réponse.
Nemirno su čupali brade tražeći odgovor.
Et ils reculèrent jusqu'à leur chambre, mais très lentement.
I krenuli su unatrag prema svojoj sobi, ali vrlo polako.
L'interruption avait plongé la sœur dans une sorte de transe.
Prekid je sestru bacio u trans.
Elle laissa pendre le violon et l'archet le long de son corps.
Pustila je violinu i gudalo da vise sa strane.
Et elle regarda la partition comme si elle jouait encore.
I pogledala je note kao da još uvijek sviraju.
Mais soudain, elle est revenue dans la pièce.
Ali onda se iznenada povukla natrag u sobu.
Et elle avait désormais surmonté le sentiment d'être perdue.
I sada je prevladala osjećaj izgubljenosti.
Elle a posé l'instrument de musique sur les genoux de sa mère.
Stavila je glazbeni instrument majci u krilo.
La mère était assise sur la chaise, respirant bruyamment.
Majka je sjedila na stolici i teško disala.
Et puis la sœur a dû courir dans la pièce voisine.
A onda je sestra morala otrčati u susjednu sobu.
Elle devait tout préparer pour les messieurs.
Morala je sve pripremiti za gospodu.
Elle a jeté les couvertures et les coussins en l'air.
Bacila je deke i jastuke u zrak.
Et de ses mains expertes, elle a disposé toute la literie.
I svojim vještim rukama namjestila je svu posteljinu.
Elle avait terminé avant que les messieurs n'atteignent la pièce.
Završila je prije nego što su gospoda stigla u sobu.
Et elle s'est éclipsée avant de les gêner.
I iskliznula je prije nego što im se našla na putu.
Le père semblait prisonnier de son propre entêtement.

Činilo se kao da je otac obuzet vlastitom tvrdoglavošću.

Et il oublia ainsi tout le respect qu'il devait à ses locataires.

I tako je zaboravio svako poštovanje koje je dugovao svojim stanarima.

Il a insisté sans relâche jusqu'à ce que leur porte-parole s'y oppose.

Gurao je i gurao sve dok se njihov glasnogovornik nije usprotivio.

Il a tapé du pied avec colère en arrivant à la porte.

Ljutito je lupio nogom kad je stigao do vrata.

Et c'est ainsi qu'il immobilisa le père.

I time je doveo oca u zastoj.

« Par la présente, je déclare », commença-t-il en s'adressant à son propriétaire.

„Ovime izjavljujem“, počeo je obraćati se svom stanodavcu.

Et il leva la main, regardant toute la famille.

I podigao je ruku, gledajući cijelu obitelj.

« En ce qui concerne l'état répugnant de la chambre ; »

"Što se tiče odvratnih uvjeta u sobi;"

Et il s'assurait que tous écoutaient ses paroles.

I pobrinuo se da svi slušaju njegove riječi.

« Par la présente, je vous informe que je vais libérer ma chambre. »

"Ovim dajem obavijest da ću napustiti svoju sobu."

Et il a appuyé son propos en crachant par terre.

I dodatno je potkrijepio svoju poantu pljunuvši na tlo.

« Je ne paierai pas non plus pour les jours que j'ai passés ici. »

"Niti ću platiti za dane koje sam ovdje proveo."

Il n'était cependant pas entièrement satisfait de ce remboursement.

Međutim, nije bio u potpunosti zadovoljan ovim povratom novca.

« Et j'envisagerai de formuler d'autres demandes à votre encontre. »

"I razmotrit ću postavljanje drugih zahtjeva protiv vas."

« Croyez-moi, de telles demandes seront très faciles à
justifier. »
"Vjerujte mi, takve će zahtjeve biti vrlo lako opravdati."
Il resta silencieux et regarda droit devant lui, vers son père.
Šutio je i gledao ravno ispred sebe u oca.
Il semblait s'attendre à ce qu'il se passe quelque chose de
plus.
Činilo se kao da očekuje da će se dogoditi nešto više.
En fait, ses deux amis ont immédiatement eu la même idée.
Zapravo, njegova dva prijatelja odmah su imala istu ideju.
« Nous annulons également nos réservations de chambres »,
ont-ils déclaré à l'unisson.
„Također otkazujemo sobe“, rekli su uglas.
Il a alors saisi la poignée de la porte et l'a fermée.
Zatim je uhvatio kvaku na vratima i zatvorio vrata.
Et dans un grand fracas, ils s'enfermèrent dans leur chambre.
I uz glasan tresak zatvorili su se u svoju sobu.
Le père s'est dirigé en titubant vers sa chaise, les mains
tâtonnantes.
Otac se teturajući dovukao do svoje stolice pipajući rukama.
Et il se laissa tomber sur la chaise, vaincu.
I pustio se da padne u stolicu, poražen.
On aurait dit qu'il allait faire sa sieste habituelle du soir.
Izgledalo je kao da ide na svoju uobičajenu večernju drijemež.
Mais sa tête hocha presque comme si elle n'était pas
soutenue.
Ali glava mu je kimnula gotovo kao da nema potporu.
Et on pouvait voir qu'il ne dormait pas du tout.
I vidjelo se da uopće nije spavao.
Durant tout ce temps, Gregor n'avait pas bougé de sa place.
Sve to vrijeme Gregor se nije pomaknuo s mjesta.
Il était toujours là où les messieurs l'avaient aperçu pour la
première fois.
Još je uvijek bio tamo gdje su ga gospoda prvi put vidjeli.
Même s'il avait voulu déménager, il trouvait cela impossible.
Čak i da se htio preseliti, to mu je bilo nemoguće.
À cause de sa déception, ou à cause de sa faim.

Zbog svog razočaranja ili zbog svoje gladi.
Il était déçu par l'échec de son plan.
Bio je razočaran neuspjehom svog plana.
Et il était affaibli par la faim persistante qu'il ressentait.
I bio je slab od dugotrajne gladi koju je osjećao.
Il était certain que tout le monde se retournerait contre lui à tout moment.
Bio je siguran da će se svi svakog trena okrenuti protiv njega.
C'est avec cette certitude d'un effondrement imminent qu'il attendit.
S tim očekivanjem neposrednog sloma čekao je.
Le violon commença à glisser des genoux de sa mère.
Violina je počela kliziti iz majčinog krila.
Dans un fracas retentissant, le violon tomba au sol.
Uz zaglušujući zvuk violina je pala na tlo.
Mais même ce bruit soudain et fracassant ne l'a pas surpris.
Ali čak ga ni taj iznenadni zvuk treska nije prestrašio.
« Chers parents, dit la sœur, cela ne peut pas continuer. »
„Dragi roditelji", rekla je sestra, „ovo se ne može nastaviti."
Et elle a frappé du poing sur la table pour appuyer ses propos.
I udarila je rukom o stol kako bi potkrijepila svoju poantu.
« Je ne prononcerai pas le nom de mon frère devant ce monstre. »
"Neću izgovoriti ime svog brata pred ovim čudovištem."
« C'est pourquoi je le dis aussi crûment que possible : »
"Zato ovo kažem što je moguće otvorenije:"
«Nous n'avons pas d'autre choix que de nous débarrasser de cet animal.»
"Nemamo drugog izbora nego se riješiti ove životinje."
« Nous avons fait de notre mieux pour tolérer et prendre soin de cet animal. »
"Dali smo sve od sebe da toleriramo i brinemo se o ovoj životinji."
« Je ne pense pas que quiconque puisse nous blâmer, même légèrement. »
"Mislim da nas nitko ne može ni najmanje kriviti."

« Elle a mille fois raison », a acquiescé le père.

„Tisuću puta je u pravu", složi se otac.

La mère n'avait pas encore complètement repris son souffle.

Majka još nije bila potpuno povratila dah.

Elle se mit à tousser sourdement dans sa main, la respiration lourde.

Počela je tupo kašljati u ruku, teško dišući.

Et une expression de folie commença à apparaître dans ses yeux.

I u njenim očima se počeo pojavljivati lud izraz.

La sœur s'est précipitée vers sa mère et lui a pris le front.

Sestra je pojurila k majci i uhvatila je za čelo.

Les paroles de la sœur semblaient inspirer le père.

Činilo se da su sestrine riječi nadahnule oca.

Et ses pensées semblaient plus claires qu'auparavant.

I činilo se da su mu misli bile jasnije nego prije.

Il cessa d'acquiescer et se redressa.

Prestao je klimati glavom i ponovno se uspravio.

Et il jouait avec la casquette de son serviteur, plongé dans ses pensées.

I igrao se kapom svog sluge, duboko zamišljen.

Les assiettes des locataires étaient encore sur la table.

Tanjuri od stanara još su bili na stolu.

Et il regardait parfois vers Gregor, qui restait silencieux.

I ponekad je pogledavao prema šutljivom Gregoru.

« Nous devons essayer de nous en débarrasser », lui dit sa sœur.

„Moramo pokušati da ga se riješimo", rekla mu je sestra.

La mère était trop occupée à tousser pour écouter.

Majka je bila previše zaokupljena kašljanjem da bi slušala.

« Ça va vous tuer tous les deux, je le vois déjà venir. »

"Ubit će vas oboje, već vidim kako će se to dogoditi."

«Nous ne pouvons pas tous continuer à travailler aussi dur que nous le faisons.»

"Ne možemo svi nastaviti raditi tako naporno kao što radimo."

« Et chaque jour, nous devons rentrer chez nous et subir ce supplice. »

"I svaki dan se moramo vratiti kući na ovo mučenje."
« Nous n'en pouvons plus. Je n'en peux plus. »
"Ne možemo to više izdržati. Ne mogu to izdržati."
Elle s'est effondrée dans les bras de sa mère, en larmes une dernière fois.
U posljednjem naletu suza pala je na majku.
Les larmes coulèrent sur son visage et sur celui de sa mère.
Suze su joj padale niz lice i na majčino.
Et elle essuya ses larmes d'un geste machinal.
I mehaničkim pokretom obrisala je suze.
« Mon enfant », dit le père d'une voix compatissante.
„Dijete moje", rekao je otac suosjećajnim glasom.
Il y avait une profonde sympathie et une grande compréhension dans sa voix.
U njegovom glasu čula se duboka sućut i razumijevanje.
« Mais que devons-nous faire ? » avoua-t-il ne pas savoir.
„Ali što bismo trebali učiniti?" priznao je da ne zna.
La sœur haussa simplement les épaules, impuissante.
Sestra je samo bespomoćno slegnula ramenima.
Et sa confiance d'antan fit de nouveau place aux larmes.
I njezino ranije samopouzdanje ponovno su zamijenile suze.
« Si seulement il nous comprenait », dit le père à voix haute.
„Kad bi nas samo razumio", reče otac naglas.
Et il se demandait à moitié si Gregor avait compris.
I gotovo se zapitao je li Gregor možda razumio.
La sœur lui a secoué la main violemment en pleurant.
Sestra joj je samo žestoko stisnula ruku dok je plakala.
Elle a donc indiqué qu'il ne fallait pas envisager cette idée.
I tako je dala do znanja da se o toj ideji ne treba razmišljati.
« Mais si seulement il nous comprenait », répéta le père.
„Ali kad bi nas samo razumio", ponovi otac.
Les yeux fermés, il réfléchit à la réponse de sa sœur.
Zatvorivši oči, razmislio je o sestrinom odgovoru.
« S'il comprenait qu'un accord pouvait être conclu avec lui. »
"Da je razumio, mogao bi se s njim postići dogovor."
« Mais vu la situation actuelle… »
"Ali s obzirom na to da su stvari ovakve kakve jesu..."

«Il faut l'enlever,» s'écria la sœur, «c'est la seule solution.»
„Mora ići", uzviknula je sestra, „to je jedini način."
«Il faut vous débarrasser de l'idée que c'est Gregor.»
"Moraš se riješiti misli da je to Gregor."
« Notre véritable malheur, c'est d'y avoir cru si longtemps. »
"To što smo u to tako dugo vjerovali je naša prava nesreća."
« Mais comment est-ce possible que ce soit Gregor ? »
demanda-t-elle à son père.
„Ali kako to može biti Gregor?" upitala je oca.
« Il savait qu'un tel animal ne pouvait pas coexister avec les
humains. »
"Znao je da takva životinja ne može koegzistirati s ljudima."
« Gregor nous aurait quittés depuis longtemps,
volontairement. »
„Gregor bi nas već odavno napustio, dobrovoljno."
« C'est vrai, nous n'aurions alors plus de frère. »
"Istina je, onda ne bismo imali brata."
« Mais nous pourrions continuer à vivre et à honorer sa
mémoire. »
"Ali mogli bismo nastaviti živjeti i odati počast njegovom
sjećanju."
« Mais cette bête nous poursuit et chasse nos locataires. »
"Ali ova zvijer nas progoni i tjera naše stanare."
« De toute évidence, il veut s'emparer de tout l'appartement.
»
"Očito želi preuzeti cijeli stan."
« Cette bête veut nous faire dormir dans la rue. »
"Ova zvijer nas želi natjerati da spavamo na ulici."
« Regarde, papa, » s'écria-t-elle soudain, « il bouge à
nouveau ! »
"Gledaj, oče", iznenada je uzviknula, "opet se miče!"
Et elle fit quelque chose que même Gregor ne put
comprendre.
I učinila je nešto što čak ni Gregor nije mogao razumjeti.
Elle se repoussa, comme pour sacrifier sa mère.
Odgurnula se, kao da žrtvuje majku.

Et elle a couru derrière son père pour trouver une sorte de sécurité.

I trčala je za ocem radi neke vrste sigurnosti.

Le père n'était agité que parce que sa fille l'était.

Otac je bio uznemiren samo zato što je bila i njegova kći.

Mais lui aussi se leva et leva les bras au-dessus d'elle.

Ali onda je i on ustao i podigao ruke nad njom.

Mais Gregor n'avait aucune intention d'effrayer qui que ce soit.

Ali Gregor nije imao namjeru nikoga prestrašiti.

Il n'avait surtout aucune intention d'effrayer sa sœur.

Pogotovo nije imao na umu da će uplašiti svoju sestru.

Il essayait simplement de faire demi-tour pour retourner dans sa chambre.

Samo se pokušavao okrenuti natrag prema svojoj sobi.

Mais, compte tenu de l'aggravation de son état, même cela devenait difficile.

Ali u njegovom sve gorem stanju čak je i to bilo teško.

Et il ne pouvait plus se servir pleinement de ses jambes.

I više nije mogao u potpunosti koristiti sve svoje noge.

Il utilisa donc sa tête pour soulever son corps et se retourner.

Zato je koristio glavu da podigne tijelo i okrene se.

Il marqua une pause et chercha l'approbation de sa famille du regard.

Zastao je i osvrnuo se oko sebe tražeći odobrenje obitelji.

Il semble que sa bonne intention ait été reconnue.

Činilo se da je njegova dobra namjera prepoznata.

Son mouvement ne leur avait procuré qu'un choc momentané.

Njegov pokret ih je samo na trenutak iznenadio.

À présent, ils le regardaient tous en silence, visiblement malheureux.

Sada su ga svi gledali u nesretnoj tišini.

La mère était toujours allongée dans le fauteuil, épuisée.

Majka je još uvijek ležala u naslonjaču, iscrpljena.

Le père et la sœur étaient assis l'un à côté de l'autre.

Otac i sestra sjedili su jedno pored drugog.

« Peut-être qu'ils me laisseront faire demi-tour maintenant »,
pensa Gregor.

„Možda će me sada pustiti da se okrenem", pomislio je
Gregor.

**Et il continua à effectuer son mouvement de rotation
maladroit.**

I nastavio je sa svojim nespretnim pokretom okretanja.

**Il ne pouvait réprimer les halètements occasionnels dus à
l'effort.**

Nije mogao suzbiti povremene uzdahe napora.

**Et il a été contraint de se reposer à plusieurs reprises entre-
temps.**

I bio je prisiljen odmoriti se nekoliko puta između.

Plus personne ne le pressait ; c'était à lui de décider.

Nitko ga sada nije tjerao da žuri; sve je bilo prepušteno njemu.

Finalement, il acheva ce virage lent et douloureux.

Napokon je završio spori i bolni okret.

Il se dirigea aussitôt vers sa chambre.

Odmah je počeo hodati natrag u svoju sobu.

Il était stupéfait de la distance qui le séparait de sa chambre.

Bio je zapanjen koliko je bio daleko od svoje sobe.

**Comment, malgré sa faiblesse, avait-il réussi à y parvenir
auparavant ?**

Kako je, unatoč svojoj slabosti, prije stigao tamo?

**Il avait emprunté presque le même chemin sans s'en
apercevoir.**

Prošao je gotovo istim putem, a da to nije ni primijetio.

**Il se concentrait simplement sur le fait de ramper aussi vite
qu'il le pouvait.**

Sada se samo koncentrirao na puzanje što je brže mogao.

L'absence de commentaires ne le dérangeait pas.

Nedostatak komentara od bilo koga ga nije uznemirio.

**Ce n'est que lorsqu'il fut déjà à l'intérieur qu'il tourna la
tête.**

Tek kad je već bio na vratima, okrenuo je glavu.

Mais il n'a pas pu se retourner complètement.

Ali nije se mogao okrenuti da se potpuno osvrne.

Car il sentit sa nuque se raidir encore davantage en se tournant.

Jer je osjetio kako mu se vrat još više ukočio dok se okretao.

Mais il constata que rien n'avait changé derrière lui.

Ali vidio je da se iza njega ionako ništa nije promijenilo.

La seule différence, c'est que sa sœur s'était levée.

Jedina je razlika bila u tome što je njegova sestra ustala.

Son dernier regard lui montra que sa mère s'était endormie.

Njegov posljednji pogled pokazao je da je njegova majka zaspala.

Dès qu'il fut entré dans sa chambre, la porte fut fermée.

Čim je ušao u svoju sobu, vrata su se zatvorila.

Et dès que la porte fut fermée, le verrouilla.

I čim su se vrata zatvorila, brava je bila zaključana.

Gregor fut effrayé par le bruit inattendu derrière lui.

Gregora je prestrašila neočekivana buka iza sebe.

Et ses jambes fléchirent sous lui, surprises par la soudaineté.

I noge su mu klecnule od iznenadnog iznenađenja.

C'est sa sœur qui s'était précipitée vers la porte derrière lui.

Bila je to sestra koja je pojurila prema vratima za njim.

Elle s'était déjà dressée, et l'attendait.

Već je stajala ondje uspravno i čekala ga.

Elle fit alors un petit saut en avant sans que Gregor ne l'entende.

Zatim je lagano skočila naprijed, a da je Gregor nije čuo.

« Enfin ! » s'écria-t-elle en tournant la clé.

„Konačno!" glasno je pozvala dok je okretala ključ.

« Et maintenant ? » se demanda Gregor, seul dans l'obscurité.

„Što sad?", upitao se Gregor, sam u mraku.

Il s'aperçut bientôt qu'il ne pouvait plus bouger du tout.

Ubrzo je shvatio da se više uopće ne može pomaknuti.

Mais son immobilité ne le surprenait pas vraiment.

Ali ga njegova nepokretnost zapravo nije iznenadila.

Pouvoir se déplacer sur des jambes aussi fines semblait ridicule.

Mogućnost kretanja na tako tankim nogama činila se smiješnom.

Il ne savait pas comment il avait pu y parvenir.

Nije znao kako je to ikada mogao učiniti.

Mais à part ça, il se sentait relativement à l'aise.

Ali osim toga osjećao se relativno ugodno.

Il est vrai qu'il ressentait une douleur intense dans tout le corps.

Istina je da je osjećao duboku bol u cijelom tijelu.

Mais la douleur semblait s'atténuer de plus en plus.

Ali bol je izgledala sve slabija i slabija.

Et il avait l'impression que la douleur finirait par disparaître.

I osjećao je kao da će bol konačno nestati.

Il sentait à peine la pomme pourrie dans son dos.

Jedva je više osjećao trulu jabuku u leđima.

Il repensa à sa famille avec émotion et amour.

S emocijama i ljubavlju se prisjetio svoje obitelji.

Il ressentait les émotions de sa sœur encore plus intensément qu'elle.

Osjećao je sestrine emocije čak i više nego ona sama.

Elle avait raison ; il devait partir.

Bila je u pravu u onome što je rekla; morao je otići.

Il passa quelque temps dans cet état désert et paisible.

Proveo je neko vrijeme u ovom praznom i mirnom stanju.

L'horloge sonna trois fois, doucement mais fermement.

Sat je otkucao tri puta, tiho, ali čvrsto.

Gregor fut doucement tiré de ses pensées.

Gregor je nježno izvučen iz svojih razmišljanja.

Il regarda la lumière du matin pénétrer lentement dans sa chambre.

Gledao je kako jutarnje svjetlo polako ulazi u njegovu sobu.

Puis sa tête s'affaissa complètement, malgré lui.

Tada mu je glava potpuno klonula, bez njegove volje.

Et son dernier souffle s'échappa faiblement de ses narines.

I posljednji mu je dah slabo tekao iz nosnica.

La femme de chambre est entrée dans sa chambre tôt le matin.

Sluškinja je rano ujutro ušla u njegovu sobu.

Elle n'a rien trouvé d'inhabituel lors de sa courte visite habituelle.

Tijekom svog uobičajenog kratkog posjeta nije pronašla ništa neobično.

À bout de forces et dans la précipitation, elle claqua toutes les portes.

Iz snage i žurbe, zalupila je svim vratima.

Il était impossible de dormir paisiblement dans tout l'appartement.

U cijelom stanu nije bilo moguće mirno spavati.

On lui avait demandé d'éviter de faire cela le matin.

Zamoljena je da to ne radi ujutro.

Elle pensait qu'il restait allongé là, immobile, exprès.

Mislila je da namjerno leži tako nepomično.

Peut-être voulait-il lui montrer qu'il était offensé.

Možda joj je htio pokazati da je uvrijeđen.

Elle lui faisait confiance et pensait qu'il était doté d'une intelligence hors du commun.

Vjerovala mu je da posjeduje sve vrste inteligencije.

Il se trouve qu'elle tenait le long balai à la main.

Slučajno je u ruci držala dugu metlu.

Alors, depuis la porte, elle essaya de chatouiller un peu Gregor.

Dakle, s vrata je pokušala malo poškakljati Gregora.

Elle était un peu agacée qu'il ne réponde pas du tout.

Bila je malo ljutita što uopće nije odgovorio.

Alors cette fois, elle le poussa un peu plus fermement.

Zato ga je ovaj put malo čvršće gurnula.

Comme il n'opposait aucune résistance, elle l'examina de plus près.

Kad nije pokazao otpor, bolje ga je pogledala.

Elle comprit rapidement ce qui était réellement arrivé à Gregor.

Ubrzo je shvatila što se zapravo dogodilo Gregoru.

Elle ouvrit davantage les yeux et siffla pour elle-même.

Širom je otvorila oči i zviždala sama sebi.

Mais elle n'a pas tardé à ouvrir la porte.

Ali nije gubila puno vremena prije nego što je otvorila vrata.

Et elle cria d'une voix forte dans l'obscurité :

I ona poviče jakim glasom u tamu:

«Viens voir, il est là, complètement mort.»

"Dođi i pogledaj, eno ga, potpuno mrtvo."

Les deux parents étaient assis bien droits dans leur lit conjugal.

Dvoje roditelja sjedilo je uspravno u svom bračnom krevetu.

Il leur fallait d'abord surmonter le choc du bruit.

Prvo su morali prevladati šok buke.

Mais peu à peu, ils ont commencé à comprendre son message.

Ali onda su polako počeli shvaćati njezinu poruku.

Monsieur et Madame Samsa ont chacun sauté de leur côté du lit.

Gospodin i gospođa Samsa iskočili su svako sa svoje strane kreveta.

M. Samsa jeta l'épaisse couverture sur ses épaules.

Gospodin Samsa prebacio je debelu deku preko ramena.

Et Mme Samsa sortit vêtue uniquement de sa chemise de nuit.

I gospođa Samsa izašla je samo u spavaćici.

C'est ainsi qu'ils entrèrent dans la chambre de Gregor.

I tako su ušli u Gregorovu sobu.

Entre-temps, la porte du salon s'était également ouverte.

U međuvremenu, otvorila su se i vrata dnevne sobe.

Grete y dormait depuis l'emménagement des locataires.

Grete je ondje spavala otkad su se stanari uselili.

Elle était entièrement habillée comme si elle n'avait pas dormi du tout.

Bila je potpuno odjevena kao da uopće nije spavala.

Son visage pâle semblait également témoigner de son manque de sommeil.

Činilo se da i njezino blijedo lice dokazuje nedostatak sna.

« Il est mort ? » demanda Mme Samsa en regardant la bonne.

„Je li mrtav?" upitala je gospođa Samsa gledajući sluškinju.

Elle aurait pu le confirmer en le regardant elle-même.

Mogla je to potvrditi da ga je i sama pogledala.

« Je le crois », dit la bonne en ramassant le balai.

„Mislim da da", rekla je sluškinja, uzimajući metlu.

Et elle a poussé son corps sur une longue distance à travers le sol.

I gurnula je njegovo tijelo daleko preko poda.

Mme Samsa fit un mouvement comme si elle voulait l'arrêter.

Gospođa Samsa napravi pokret kao da ju je htjela zaustaviti.

Mais finalement, elle a laissé la bonne faire glisser Gregor.

Ali na kraju je dopustila sluškinji da pomiče Gregora okolo.

« Eh bien, » dit M. Samsa, « enfin nous pouvons remercier Dieu. »

„Pa", rekao je gospodin Samsa, „konačno možemo zahvaliti Bogu."

Il fit le signe de croix : tête, poitrine, épaules.

Napravio je znak križa; glavu, prsa, ramena.

Et les trois femmes suivirent son exemple religieux.

I tri žene su slijedile njegov religiozni primjer.

Grete, qui ne quittait pas le cadavre des yeux, dit :

Grete, koja nije skidala pogled s leša, rekla je;

«Regardez comme il est maigre, il n'a pas mangé depuis si longtemps.»

"Pogledaj kako je bio mršav, tako dugo nije jeo."

« La nourriture que je lui laissais chaque matin restait toujours intacte. »

"Hrana koju sam mu ostavljao svako jutro uvijek je bila netaknuta."

En fait, le corps de Gregor était complètement plat et sec.

Zapravo, Gregorovo tijelo bilo je potpuno ravno i suho.

C'était plus visible maintenant qu'il était au sol.

To je bilo vidljivije sada kada je bio na tlu.

Parce que son corps n'était plus soutenu par ses jambes.

Jer njegovo tijelo više nije bilo podizano nogama.

Et parce que rien d'autre ne venait distraire la vue.

I zato što nije bilo ničega drugog što bi odvraćalo pogled.

«Viens avec nous un moment, Grete», dit Mme Samsa.

„Pođi malo s nama unutra, Grete", rekla je gospođa Samsa.

Un sourire douloureux se dessinait sur ses lèvres lorsqu'elle parlait.

Na usnama joj je titrao bolan osmijeh dok je govorila.

Grete les suivit, mais jeta aussi un coup d'œil en arrière au cadavre.

Grete ih je slijedila, ali se i osvrnula na leš.

La bonne ferma la porte et ouvrit grand la fenêtre.

Sluškinja je zatvorila vrata i potpuno otvorila prozor.

Il était encore tôt, l'air était donc normalement froid.

Bilo je još rano, pa bi zrak inače bio hladan.

Mais il y avait aussi un mélange de chaleur dans l'air froid.

Ali u hladnom zraku osjećala se i mješavina topline.

Comme un doux rappel que c'était désormais la fin du mois de mars.

Kao blagi podsjetnik da je sada kraj ožujka.

Les trois locataires sortirent alors eux aussi de leur chambre.

Troje stanara sada je također izašlo iz svoje sobe.

Ils cherchèrent leur petit-déjeuner avec étonnement.

Zadivljeno su se osvrnuli oko sebe tražeći doručak.

Le petit-déjeuner a été oublié à cause de ce que la femme de chambre a trouvé.

Doručak je bio zaboravljen zbog onoga što je sobarica pronašla.

« Où est le petit-déjeuner ? » grommela l'homme du milieu.

„Gdje je doručak?" promrmlja srednji gospodin.

La bonne porta son doigt à sa bouche pour demander le silence.

Sluškinja je stavila prst na usta kako bi naredila tišinu.

Et elle salua les messieurs d'un geste rapide et silencieux.

I ona je žurno i tiho mahnula gospodi.

La servante fit entrer les trois messieurs dans la pièce.

Sluškinja je uvela trojicu gospode u sobu.

Et elle a continué à leur expliquer ce qui s'était passé.

I nastavila im je objašnjavati što se dogodilo.

Et les trois messieurs se tinrent autour du corps de Gregor.

I trojica gospode stajala su oko Gregorova leša.

Les mains dans les poches, ils baissèrent les yeux.

S rukama u džepovima gledali su dolje.

La lumière du matin inondait désormais complètement la pièce.

Jutarnja svjetlost je sada potpuno preplavila sobu.

La porte de la chambre s'ouvrit alors et M. Samsa apparut.

Tada su se vrata spavaće sobe otvorila i pojavio se gospodin Samsa.

D'un côté se trouvait sa femme, et de l'autre sa fille.

S jedne strane bila je njegova supruga, a s druge kćerka.

M. Samsa portait déjà son uniforme.

Gospodin Samsa je već nosio svoju uniformu.

On pouvait voir qu'ils avaient tous un peu pleuré.

Moglo se vidjeti da su svi pomalo plakali.

Grete pressa son visage contre le bras de son père.

Grete je pritisnula lice uz očevu ruku.

« Quittez mon appartement immédiatement ! » ordonna M. Samsa.

„Odmah napustite moj stan!" naredio je gospodin Samsa.

Et il désigna la porte sans laisser partir les femmes.

I pokazao je na vrata ne puštajući žene da odu.

« Que voulez-vous dire ? » demanda l'intermédiaire, déconcerté.

„Što misliš?" upitao je zbunjeno srednji čovjek.

Et il fit de son mieux pour sourire gentiment à M. Samsa.

I dao je sve od sebe da se slatko nasmiješi gospodinu Samsi.

Les deux autres tenaient leurs mains derrière leur dos.

Druga dvojica su držala ruke iza leđa.

Et ils se frottèrent les mains d'impatience.

I trljali su ruke u iščekivanju.

Ils semblaient s'attendre à une violente dispute.

Činilo se kao da očekuju da će doći do glasne svađe.

Mais ils semblaient se réjouir de la dispute à venir.

Ali činilo se da su sretni zbog nadolazeće svađe.

Ils pensaient que le litige tournerait à leur avantage.
Mislili su da će spor biti u njihovu korist.
« Je maintiens exactement ce que je viens de dire », a
répondu M. Samsa.
„Mislim upravo ono što sam upravo rekao", odgovorio je
gospodin Samsa.
Il marchait en ligne droite avec ses deux compagnons.
Hodao je u ravnoj liniji sa svoja dva suputnika.
Et M. Samsa s'est adressé directement à leur responsable.
I gospodin Samsa se izravno obratio njihovom vodećem
gospodinu.
Le monsieur resta d'abord immobile, le regard fixé au sol.
Gospodin je prvo stajao mirno, gledajući u tlo.
Le contenu de sa tête était encore en train de se réorganiser.
Sadržaj njegove glave se još uvijek slagao.
« Très bien, nous y allons », dit-il en levant les yeux vers M.
Samsa.
„Dobro, idemo", rekao je i pogledao gospodina Samsu.
Une nouvelle humilité semblait l'avoir soudainement
envahi.
Činilo se kao da ga je iznenada obuzela neka nova poniznost.
Et il semblait demander la permission pour cette décision.
I činilo se kao da traži dopuštenje za ovu odluku.
M. Samsa ouvrit grand les yeux et hocha légèrement la tête.
Gospodin Samsa širom otvori oči i lagano kimne.
Les messieurs obéirent immédiatement à son ordre.
Gospoda su odmah poslušala njegovu naredbu.
Et ils ont effectivement fait de longues enjambées dans le
couloir.
I doista su dugim koracima ušli u hodnik.
Ses amis avaient déjà cessé de se frotter les mains.
Njegovi prijatelji su već prestali trljati ruke.
Ils avaient écouté le déroulement de la conversation.
Slušali su kako teče razgovor.
Et maintenant, ils couraient après lui, comme pris de peur.
I sada su trčali za njim, kao da su se bojali.
M. Samsa pourrait encore les isoler de leur chef.

Gospodin Samsa bi ih još uvijek mogao izolirati od njihovog
vođe.
Ils ont sorti leurs bâtons du récipient.
Izvukli su svoje štapiće iz posude za štapiće.
Et ils s'inclinèrent en silence avant de quitter l'appartement.
I tiho su se naklonili prije nego što su napustili stan.
M. Samsa et les deux femmes sortirent sur le parvis.
Gospodin Samsa i dvije žene izašli su iz predvorja.
**Mais en réalité, ils n'avaient aucune raison de se méfier de
ces hommes.**
Ali zapravo nisu imali razloga ne vjerovati muškarcima.
**Ils s'appuyèrent sur la rambarde pour vérifier s'ils étaient
partis.**
Naslonili su se na ogradu kako bi provjerili jesu li otišli.
Les trois messieurs descendaient effectivement les escaliers.
Trojica gospodina su doista silazila niz stepenice.
Ils disparurent dans un virage de l'escalier.
U određenom zavoju stubišta su nestali.
Puis l'escalier les ramena à la vue.
A onda ih je stubište ponovno dovelo u vidokrug.
**Ce phénomène d'apparition et de disparition se répétait à
chaque étage.**
To pojavljivanje i nestajanje ponavljalo se na svakom katu.
Mais finalement, ils étaient presque arrivés au fond.
Ali na kraju su gotovo stigli do dna.
Plus ils avançaient, moins ils étaient intéressants.
Što su dalje išli, to su bili nezanimljiviji.
Tout le monde est rentré à la maison, comme soulagé.
Svi su se vratili u kuću, kao da su osjetili olakšanje.
**Ils décidèrent de profiter de la journée pour se reposer et
aller se promener.**
Odlučili su iskoristiti dan za odmor i šetnju.
Ils estimaient avoir mérité cette pause dans leur travail.
Osjećali su da su zaslužili ovaj odmor od posla.
**Non seulement ils méritaient cette pause, mais ils en avaient
besoin.**
Ne samo da su zaslužili ovaj odmor, nego im je bio potreban.

Ils s'assirent à table pour écrire des lettres d'excuses.

Sjeli su za stol kako bi napisali pisma isprike.

M. Samsa a adressé une lettre d'excuses à sa direction.

G. Samsa je napisao pismo isprike svom menadžmentu.

Mme Samsa a écrit sa lettre d'excuses à ses clients.

Gospođa Samsa napisala je pismo isprike svojim klijentima.

Et Grete a écrit sa lettre d'excuses à son directeur.

I Grete je napisala pismo isprike svom ravnatelju.

Pendant qu'ils écrivaient tous, la bonne entra dans la pièce.

Dok su svi pisali, sobarica je ušla u sobu.

Son travail du matin était terminé, elle rentrait donc chez elle.

Njezin jutarnji posao je bio gotov, pa je išla kući.

Les trois écrivains hochèrent d'abord la tête, sans lever les yeux.

Trojica pisaca su isprva kimnula, ne dižući pogled.

Mais la bonne ne semblait pas encore vouloir partir.

Ali činilo se da sluškinja još nije htjela otići.

Elle attendit un peu, jusqu'à ce que les trois écrivains lèvent les yeux.

Pričekala je malo, dok trojica pisaca nisu podigla pogled.

« Eh bien ? » demanda M. Samsa, en colère, comme l'étaient les autres.

„Pa?" upitao je gospodin Samsa, ljut, kao i ostali.

La bonne se tenait sur le seuil, un sourire aux lèvres.

Sluškinja je stajala na vratima s osmijehom na licu.

Elle donnait l'impression d'avoir de bonnes nouvelles à annoncer.

Ostavljala je dojam kao da ima dobre vijesti za javiti.

Mais elle n'allait pas partager la nouvelle à moins qu'on ne le lui demande.

Ali nije namjeravala podijeliti vijest osim ako je ne zamole.

La plume d'autruche dressée sur son chapeau oscillait légèrement.

Uspravno nojevo pero na njezinu šeširu lagano se njihalo.

Cette plume d'autruche avait toujours agacé M. Samsa.

To nojevo pero je oduvijek živciralo gospodina Samsu.

« Alors, que voulez-vous ? » demanda Mme Samsa, d'un ton ferme.

„Dakle, što onda želite?" upitala je gospođa Samsa čvrsto.

La bonne avait encore beaucoup de respect pour Mme Samsa.

Sluškinja je još uvijek imala puno poštovanja prema gospođi Samsi.

« Oui », répondit-elle, et elle éclata d'un rire amical.

„Da", odgovorila je i prasnula u prijateljski smijeh.

Un instant, son rire l'empêcha de parler.

Na trenutak ju je smijeh spriječio da progovori.

« Tu n'as pas à t'inquiéter pour ce qui se passe chez le voisin. »

"Ne moraš se brinuti zbog te stvari iz susjedstva."

« J'ai déjà prévu comment nous allons nous en débarrasser. »

"Već sam dogovorio kako ćemo se toga riješiti."

Mme Samsa et Grete continuèrent à écrire leurs lettres.

Gospođa Samsa i Grete nastavile su pisati svoja pisma.

Mais M. Samsa remarqua que la bonne n'avait pas encore terminé.

Ali gospodin Samsa primijetio je da sobarica još nije završila.

Elle voulait maintenant tout décrire plus en détail.

Sada je htjela sve detaljnije opisati.

Mais il tendit la main pour repousser ses avances.

Ali on je pružio ruku da odbije njezine napore.

Elle s'est rendu compte qu'ils n'étaient pas intéressés par ses projets.

Shvatila je da ih njezini planovi ne zanimaju.

Et puis elle se souvint de la grande précipitation dans laquelle elle avait été.

I tada se sjetila velike žurbe u kojoj je bila.

« Ciao alors », dit-elle, insultée par ce manque d'intérêt.

„Ciao onda", rekla je, uvrijeđena nedostatkom interesa.

Mais avant de partir, elle a claqué la porte très fort.

Ali prije nego što je otišla, strašno je snažno zalupila vratima.

« Elle sera licenciée ce soir », a déclaré M. Samsa.

„Bit će otpuštena navečer", rekao je gospodin Samsa.

Mais sa femme et sa fille étaient trop occupées pour lui répondre.

Ali njegova žena i kći bile su previše zauzete da bi mu odgovorile.

Parce que la bonne avait troublé leur paix nouvellement acquise.

Jer je sluškinja poremetila njihov novostečeni mir.

La mère et la fille se levèrent pour aller à la fenêtre.

Majka i kćer ustanu da priđu prozoru.

Et, enlacés, ils restèrent là.

I ostali su tamo, zagrljeni jedno oko drugoga.

M. Samsa se tourna sur sa chaise pour les regarder.

Gospodin Samsa se okrenuo na stolici da ih pogleda.

Et pendant un moment, il les observa en silence, immobiles là.

I neko ih je vrijeme tiho promatrao kako stoje ondje.

Finalement, il leur cria : « Viendrez-vous à moi ? »

Napokon ih je pozvao: "Hoćete li doći k meni?"

«Oublions tout ça, d'accord ?»

"Zaboravimo sve te stare stvari, hoćemo li?"

«Viens à moi et accorde-moi un peu d'attention.»

"Dođi k meni i posveti mi malo svoje pažnje."

Les deux femmes firent ce qu'il leur avait dit et se précipitèrent vers lui.

Dvije žene su učinile kako je rekao i pojurile su k njemu.

Ils lui ont fait une accolade affectueuse et l'ont embrassé.

S ljubavlju su ga zagrlili i poljubili.

Ils retournèrent rapidement pour terminer la rédaction de leurs lettres.

Brzo su se vratili da dovrše pisanje svojih pisama.

Puis, tous les trois, ils quittèrent l'appartement ensemble.

Zatim su sva trojica zajedno napustili stan.

Ils n'étaient pas sortis ensemble depuis des mois.

Mjesecima nisu zajedno izlazili iz kuće.

Et ils prirent le tramway jusqu'à la périphérie de la ville.

I tramvajem su se odvezli do ruba grada.

Ils avaient toute la rame du tramway pour eux seuls.

Imali su cijeli vagon tramvaja samo za sebe.
La lumière du soleil inondait la pièce par la fenêtre.
Sunčeva svjetlost je prodirala kroz prozor izvana.
La famille se cala confortablement dans ses sièges.
Obitelj se udobno zavalila u svoja sjedala.
Et ils ont discuté de leurs perspectives d'avenir.
I raspravljali su o izgledima za svoju budućnost.
À y regarder de plus près, leurs perspectives n'étaient pas mauvaises.
Nakon detaljnijeg pregleda, njihovi izgledi nisu bili loši.
Tous les trois occupaient des emplois qui leur permettraient de gagner davantage.
Sva trojica su imala poslove s potencijalom za veću zaradu.
Ils ne s'étaient jamais interrogés l'un sur l'autre concernant leur travail.
Nikada se nisu međusobno pitali o svom poslu.
Mais maintenant, ils avaient enfin le temps de discuter de ces choses-là.
Ali sada su napokon imali vremena razgovarati o takvim stvarima.
Ils avaient également la possibilité de déménager dans un appartement plus petit.
Također su imali mogućnost preseljenja u manji stan.
Cela aurait le plus grand impact sur leur vie.
To bi imalo najveći utjecaj na njihove živote.
Leur appartement actuel avait été choisi par Gregor.
Gregor je odabrao njihov trenutni stan.
Mais maintenant, ils pourraient déménager dans un endroit plus abordable.
Ali sada bi se mogli preseliti negdje gdje je pristupačnije.
Un appartement plus petit, mais dans un endroit plus pratique.
Manji stan, ali negdje praktičnije.
Parler de l'avenir a redonné vie à Grete.
Razgovor o budućnosti ponovno je razvedrio Gretu.
Monsieur et Madame Samsa ont également remarqué d'autres changements chez elle.

Gospodin i gospođa Samsa primijetili su i druge promjene na njoj.

Ses joues étaient devenues pâles à cause de tous ses soucis.

Obrazi su joj problijedili od svih briga.

Mais à présent, leur fille s'épanouissait et devenait une femme remarquable.

Ali sada se njihova kći razvijala u prekrasnu damu.

C'était vraiment une belle et jolie jeune femme, maintenant.

Sada je zaista bila dobro građena i lijepa mlada žena.

Ses parents se turent et admirèrent leur fille.

Njeni roditelji su zašutjeli i divili se svojoj kćeri.

Ils échangèrent un regard, communiquant inconsciemment.

Pogledali su se međusobno nesvjesno komunicirajući.

« Il sera bientôt temps de lui trouver un homme bien. »

"Uskoro će biti vrijeme da pronađe dobrog muškarca za nju."

Le tramway était arrivé à destination et avait ralenti.

Tramvaj je stigao do odredišta i usporio.

Leur fille semblait confirmer leurs nouveaux rêves.

Činilo se da njihova kći potvrđuje njihove nove snove.

Elle fut la première à se lever et à étirer son jeune corps.

Bila je prva koja je ustala i protegnula svoje mlado tijelo.